잠시 작게 고백하는 사람

잠시 작게 고백하는 사람

ⓒ 황인찬 2024

초판 1쇄 발행 2024년 7월 1일
초판 2쇄 발행 2024년 7월 5일

지은이 황인찬
펴낸이 김민정
책임편집 김동휘 **편집** 유성원 권현승
표지디자인 김마리 **본문디자인** 최미영
저작권 박지영 형소진 최은진 서연주 오서영
마케팅 정민호 박치우 한민아 이민경 박진희 정유선 황승현
브랜딩 함유지 함근아 고보미 박민재 김희숙 박다솔 조다현 정승민 배진성
제작 강신은 김동욱 이순호
제작처 영신사

펴낸곳 (주)난다
출판등록 2016년 8월 25일 제406-2016-000108호
주소 10881 경기도 파주시 회동길 210
전자우편 nandatoogo@gmail.com **페이스북** @nandaisart **인스타그램** @nandaisart
문의전화 031-955-8875(편집) 031-955-2689(마케팅) 031-955-8855(팩스)

ISBN 979-11-91859-98-0 03810

잠시 작게 고백하는 사람

황인찬의 7월

ㄴㄴ〉〈ㄷㄴ

차례

작가의 말 이 여름이 다시 돌아올 것이므로   7

7월 1일   에세이 여름의 오리들아 하천의 오리들아   13
7월 2일   에세이 반바지는 언제부터 여름은 그때부터   21
7월 3일   시 여름의 빛   27
7월 4일   에세이 시의 목소리에 귀기울이기   31
7월 5일   시 고백 이야기   41
7월 6일   에세이 어떤 검시관   45
7월 7일   시 이름 이야기   57
7월 8일   에세이 골목에는 개가 서 있고   61
7월 9일   에세이 이수명 시인께   67
7월 10일   시 부푸는 빵들처럼   77
7월 11일   에세이 나의 모범은 나의 미워하는 것,
            나의 취미는 나의 부끄러운 것   81
7월 12일   시 생각 멈추기   99
7월 13일   에세이 공작 바라보기   103
7월 14일   에세이 언제나 시에는 현관이 있고   107
7월 15일   시 어깨에 기대어 잠든 이의 머리를 밀어내지 못함   113
7월 16일   시 비밀은 없다   117

7월 17일 에세이 법 앞에서 121

7월 18일 시 인생 사진 127

7월 19일 에세이 문학 공동체의 선 131

7월 20일 시 괴물 이야기 147

7월 21일 에세이 다시 태어난다 말할까 151

7월 22일 시 애프터 레코드 159

7월 23일 에세이 보라매공원 163

7월 24일 에세이 산악회의 눈부신 주말처럼 명징하고,
　　　　　　　　　선배의 애정 어린 조언처럼 하염없는 171

7월 25일 에세이 #not_only_you_and_me 175

7월 26일 시 귀거래사 189

7월 27일 에세이 말하지 않으면 슬프지도 않지만 193

7월 28일 에세이 시간을 달리지는 못하겠지만 205

7월 29일 에세이 거칠고 사악한 노인은 될 수 없지만 213

7월 30일 시 미래의 책 231

7월 31일 에세이 미래를 상상할 수 있도록 237

작

가

의

말

이 여름이 다시 돌아올 것이므로

시의적절이라는 말에 대해 생각해봅니다.

때에 어울리는 것, 당시의 사정이나 요구에 매우 알맞은 것을 뜻하는 말인데요. 이 말의 방점은 때가 아니라 저 사정과 요구 쪽에 찍어야만 합니다. 무엇인가를 요망하는 마음이 없다면 시의가 적절해질 수도 없으니까요.

우리가 무엇인가를 바랄 때에야 시의적절한 일이 일어날 수 있습니다. 물론 바라기만 한다고 시의적절한 무엇인가를 만날 수 있다는 뜻은 아닐 겁니다. 결국 '때'라는 것은 우리의 뜻이 아니라 천지든 신명이든 다른 그 무엇에 달린 일이겠지요. 그러나 천지신명과 공자님과 부처님이 모두 거들어주더라도 우리가 마음먹지 않는다면 그 무엇도 시의적절할 수는 없습니다. 그러니 이 책의 시의적절함은 전적으로 이 책을 읽는 당신에게 달려 있다고 할 수 있겠습니다. 이 책이 때에 맞지 않게 느껴진다면 그것은 여러분의 책임입니다. (농담입니다.)

이렇게 말하는 저는 사실 자주 때를 놓치는 사람입니다.

시의적절과는 아주 거리가 먼 사람이라는 뜻입니다. 일이 다 끝나고서야 사랑을 알고, 기차를 놓친 뒤에야 그것이 마지막이었음을 알게 됩니다. 제가 제철 과일과 철 따라 피는 꽃을 좋아하는 것도 어쩌면 그런 까닭인지 모르겠습니다. 세상에 제때 맞춰 나타나고 또 사라지는 것들이 있다는 사실이 저에게는 적지 않은 위안이 됩니다. 시의적절한 것들을 보고 느끼는 것은 또 얼마나 즐거운 일인지요.

그러나 저에게는 시의적절의 즐거움보다는 때를 놓친 아쉬움과 슬픔이 더욱 많습니다. 제 시의 동인 가운데 하나는 바로 그 때를 놓쳤다는 감각이기도 합니다. 지나간 시간을 돌아보고, 돌이킬 수 없는 것들을 생각하고, 지금 이 순간이 어쩐지 나와 맞지 않는다는 생각을 하며 시의 문장은 움직입니다. 한 편의 시를 다 쓰고 나면 거기에는 시절과 어긋난 마음들이 묻어 있음을 알게 되지요.

그리하여 시의적절이라는 말에 대해 다시 생각해봅니다.

시를 통해 시의적절함을 헤아리는 일은 어쩌면 적절하지 못할 수도 있겠다는 생각입니다. 시라는 것은 때가 어긋났기에 가능해지는 일이니까요. 그러나 그 부적절함 덕분에 할 수 있는 생각이 또한 있겠노라고 생각할 수도 있겠습니다. 시대착오적인 것, 때에 어울리지 않는 것, 그리하여 어딘가 어색하고 낯선 것, 그것은 비단 시만의 성격이 아니라 우리 삶의 속성이기도 합니다. 바로 그 점에 기대어 이 책을 엮어보았습니다.

이 책에는 시절의 어긋남에 대한 이야기와 시에 대한 이야기가 나란히 묶여 있습니다. 그것은 우리 삶에서 우리가 마주하는 '시의부적절'을 이해하는 가장 좋은 방식이 바로 시를 이해하는 일이라는 믿음에 기인합니다. 최소한 저는 그렇습니다. 시를 통해 저를 이해할 수 있었고, 시를 통해 저를 벗어날 수도 있었습니다. 시를 이해하는 만큼 삶의 부정합성을 받아들일 수 있었으며, 시를 사랑하는 만큼 저 자신을 미워하는 일을 감당할 수 있었습니다. 여러분 또한 그러하시리라 믿습니다.

여름에 어울리는 책을 만들고 싶었지만 결국 어느 여름날을 멀찍이서 바라보고 생각하는 책이 되고야 말았습니다. 그러나 그것이야말로 이 책에 가장 적절한 모습이겠지요. 여름과 더불어, 그리고 시와 더불어 이 책을 즐겨주신다면 감사하겠습니다.

7

월

1

일

에세이

여름의 오리들아 하천의 오리들아

개천에 오리들이 많다. 어미 오리와 새끼 오리들이 줄지어 물위를 떠다니고 있다. 오리는 보통 겨울에 짝을 찾고 봄에 알을 낳아 여름이면 새끼를 독립시키는데, 7월에 접어들고도 새끼 오리들이 저렇게나 자그마한 것을 보면 아마 늦봄이나 초여름쯤 알에서 깨어난 모양이다. 오리들도 조금 늦게 짝을 만났다는 말일 수도 있겠다. 짝을 만나는 데 늦고 빠르고가 꼭 있다는 말은 아니지만.

아무튼 오리들은 물위를 이리저리 떠다니며 무엇인가를 찾고 있다. 한참을 돌아다니다 무엇인가를 발견하면 고개를 푹 숙여 몸의 절반을 물에 담그고 엉덩이를 물위로 들어올린다. 그 모습이 퍽 귀엽고 보기 좋다. 새끼 오리들도 어미 오리를 따라 고개를 물에 담근다. 몸을 아직 다 담그지는

못한다. 저 오리들도 때가 되면 어미를 떠나 다시 짝을 찾고
야 말겠지.

집 앞 하천의 오리를 보는 것은 이제 나의 일상으로 자리
잡았다. 집과 역 사이에는 작은 하천이 흐르고 역에 도달하
기 위해서는 징검다리를 건너야만 하는데, 오리들은 자주
그 근처를 맴돈다. 유추하건대 징검다리가 유속에 변화를
일으켜 다른 곳과는 생태가 조금 다른 것이 아닌가 한다. 아
무튼 그 덕분에 나는 바쁘게 징검다리를 건너다가도 오리
들이 보이면 징검다리 위에 멈춰 서서 사진을 몇 장 찍고 그
모습을 구경하곤 한다.

모두 이 징검다리가 생기기 전에는, 그러니까 원래 있던
육교가 무너지기 전까지는 볼 수 없던 풍경이다.

*

어느 겨울 아침 육교가 폐쇄되었다는 뉴스가 나왔다. 개
천을 가로지르는 100미터가량 되는 다리였는데, 아치형이

었던 것이 아래로 휘어져 U자형이 되어버리고야 만 것이다. 새벽중에 다리가 휜 것을 행인이 발견하여 신고했고, 다행히 다친 사람은 아무도 없었다고 한다. 아무튼 지은 지 육년밖에 되지 않은 육교가 이렇게 되었으니 여기저기서 말이 많았다. 무엇보다 그 육교는 주민들의 이동에서 상당한 비중을 차지하고 있었으니, 갑작스러운 사고에 다들 여러 불편을 겪었으리라.

사실 지금 사는 집에 이사를 온 것도 이 다리 때문이었다. 다른 길로 가면 역까지 십 분은 걸릴 거리가 다리 덕분에 오분으로 단축되었기에 그 편리함이 무엇보다 마음에 들었다. 그런데 이사 온 지 두 달 만에 다리가 무너져버렸으니 그 황망함을 이루 말할 수가 없었다. 한동안 사고 원인 파악과 보수 공사 등을 위해 근방의 길이 폐쇄되었고, 봄이 끝나갈 무렵 육교가 있던 자리에 징검다리가 생겼다. 수십억을 들여 지은 물건이었으니 육교를 그대로 다시 만들지는 못했던 모양이다.

하천의 오리들을 발견하게 된 것은 그후의 일이었다. 시선의 높이가 조금 내려갔을 뿐인데, 그전에는 보지 못했던 오리 가족이 눈에 들어온 것이다. 오리에 관심을 두기 시작한 것은 나만이 아니었다. 징검다리를 건너다보면 다른 사람들이 오리를 한참 쳐다보고 사진을 찍기도 하는 모습이 보이기 시작했으니 말이다.

　육교가 휘어져버렸다는, 일상에서 좀처럼 마주하기 어려운 일이 일어났으니 일상의 풍경이 달라지는 것도 당연한 일이다. 다리가 사라진 이후 오히려 천변의 풍경이 아름다워진 것도 아이러니한 일이다. 삶이란 항상 이런 식이라는 생각이다. 예상치 못한 일이 도처에서 일어나고 그 사고가 예상치 못한 아름다움과 즐거움으로 우리를 이끈다. 때로는 슬픔과 괴로움이 찾아오기도 하겠지만 그건 이미 예상한 일이니까 괜찮지 뭐.

*

　하천의 오리들을 보면서는 이승훈 선생의 시 「한강의 오리들아」 생각을 자주 한다. 추운 겨울 한강에 떠 있는 오리들을 보며 너희들은 어둠이 내리면 어디서 자느냐고 물어보는 시. 봄이 오니까 얼른 떠나라고 하는 시. 그러나 또 어디를 가든 거기에 있든 마음대로 하라고 하는 시. 선생이 무슨 말을 하든 말든 오리들은 신경도 쓰지 않겠지. 그러나 추운 겨울밤이 오면 오리들은 어디론가 가서 잠들긴 할 것이다.

하천의 오리들은 청둥오리인데, 청둥오리는 원래 철새였던 것이 텃새로 자리잡게 되었다고 한다. 이승훈 선생의 시 속 오리들도 아마 청둥오리였으리라. 아마 그때는 철 따라 자기들이 가야 할 곳으로 갔겠지. 오리들은 인간이 초래한 온난화 탓에 자신들이 한국의 하천에 터를 잡게 될 것이라고 알고 있었을까. 알았을지도 모른다. 밤이 오면 어디 가서 잠들어야 하는지 알고 있는 것처럼.

오리 이야기를 계속 하다보니 정지용 선생(내 선생은 아니다. 그러나 따지고보면 이승훈 선생도 내 선생은 아니지. 물론 밤도 내 선생은 아니다)의 시 「호수 2」도 생각난다. 저작권 문제가 없으니 전문을 옮길 수도 있겠다.

오리 모가지는
호수를 감는다.

오리 모가지는
자꾸 간지러워.

정지용 선생도 오리를 보며 자꾸 무슨 생각을 했나보다.
시인들이 유독 오리를 좋아하는 것일까. 생각해보면 나도
오리에 대해 시를 몇 편 썼다는 것이 생각났다. 그렇군. 오
리에 대해서라면 얼마든지 계속 말을 할 수도 있겠군. 그러
나 그렇게 하지는 말아야지. 어제도 초여름의 오리들을 가
만히 지켜보다 다시 가던 길을 갔다. 무엇을 알고서 한 일은
아니지만.

7
월
2
일

에세이

반바지는 언제부터 여름은 그때부터

　반바지를 언제부터 입어야 할까, 그것이 여름의 고민이다. 성격 급한 사람들은 4월부터 입었을 것이다. 긴팔 맨투맨이나 후드티를 걸치고 반바지를 입은 사람들. 나는 그들을 젊은 사람들이라고 부른다. 반팔에 반바지를 입은 것과는 조금 다르다. 반팔에 긴바지를 입은 것과도 다르다. 반팔에 반바지를 입었다면 그는 아마 아주 더운 사람일 것이다. 반팔에 긴바지를 입었다면 그는 아마 조금 더운 사람이거나 반바지를 부담스러워하는 사람일 것이다. 그러나 긴팔에 반바지를 입었다면 그것은 다른 이야기다. 그 사람은 젊은 사람이다. 설령 그의 실제 나이가 어떠하든 간에 그렇다. 반바지를 너무 입고 싶어서, 아직 찬바람이 불고 일교차가 십 도 이상 나는데도 반바지를 입어버리고야 마는 그 정신을 젊음이라고 하지 않으면 뭐라고 부를까. 나도 한때는 회색 맨투맨에 반바지를 입기도 했으나 이제는 좀처럼 입을 수가 없다. 내가 더이상 젊지 않다는 뜻이겠지. 이효리 선생이 오랜만에 컴백을 하면서 〈후디에 반바지〉라는 노래를 내기도 했는데, 그걸 보면서 과연 이효리 선생은 여전히 젊군, 그런 생각을 또 하였습니다.

아무튼 반바지라는 것이 참 그렇다. 너무 편한데 어쩐지 어색한 물건이다. 반바지는 상념을 불러일으키는 사물이니까. 나는 DJ DOC가 '여름 교복이 반바지라면 깔끔하고 시원해 괜찮을 텐데' 그렇게 노래하던 시절의 사람이고 그때까지만 해도 젓가락질을 잘 못하면 밥상에 불만 있냐는 말을 들었고 반바지 교복은 상상할 수도 없던 시절이었으니까. 요즘 반바지 교복을 입고 다니는 학생들을 보면서 세월의 무상함을 느끼기도 하는 것인데……

이제 교복 정도는 반바지가 되긴 했지만 아무래도 격식을 갖춰야 하는 자리에서는 여전히 입기 어려운 물건이다. 나이를 충분히 먹었다면 그저 집밖에 존재하는 것만으로도 최소한의 격식을 갖춰야만 하는 것이다. 바로 그 자리에서 반바지의 어려움이 발생한다. 반바지를 입고 설교하는 목사님을 상상하기 어려운 것처럼, 반바지를 입은 상주를 떠올리기 어려운 것처럼. 나이를 먹었다는 것만으로 목사나 상주와 같은 무엇인가가 된다는 뜻은 아니지만, 그럼에도 이제 반바지를 입기는 역시 어렵지 않을까, 혼자 그런 생각을 하게 된다.

그렇다고 내가 반바지에 대단한 의미를 두고 있는 것도 아니다. 꼭 반바지만 그럴까. 살다보면 예전에는 아무렇지도 않았던 것이 부담스럽거나 어색하게 느껴지고, 좋았고 친근했던 것이 심상하게 느껴지기도 한다. 그게 시간이 흘렀다는 뜻일 테고 나이를 먹어 어딘가가 변해버리고야 말았다는 뜻일 테다.

정말로 세월이란 무상한 것이고, 눈에 보이지도 않는 마음은 때에 따라 이리저리 바뀌기만 한다. 나이를 먹어가면서 우리는 스스로 어디가 얼마나 변했는지도 모르는 채로 이전과는 다른 사람이 되어갈 따름이다. 옛사람들이 그토록 세월에 대해 노래했던 이유를 이제야 조금 알 것 같다.

그러나 7월은 이미 반바지의 계절이다. 무더위는 자기 나이에 대한 어설픈 자의식마저 녹여버릴 정도로 강렬하고, 결국 더위를 이기지 못해 반바지를 입게 되면 그때부터 정말로 여름이다. 젊은 사람이 아니어도 반바지를 입는 계절, 반바지를 입고 너무 시원해서 해방감마저 느껴버리는 계절, 그것이 여름이고 내게는 그 여름의 시작이 7월이다. 당신이 조금 더 젊은 사람이라면 6월에 입을 수도 있겠지만, 나도 한때는 5월에 반바지를 입었던 적도 있지만, 이제는 7월은 되어야 약간의 부끄러움과 상당한 시원함을 느끼며 반바지를 입을 수 있다.

가만 보면 내 또래의 수많은 이는 대단한 이유 없이 반바지를 입는 것 같다. 직접 물어본 적은 없지만 다들 입고 싶을 때 입는 것처럼 보인다. 어쩌면 그들에게는 이런 생각이 참 쓸모없는 것으로 여겨지리라. 이 글은 반바지를 빌미로 자신의 나이듦에 대해 생각하며 쓰인 것이지만, 어쩌면 내가 오십대나 육십대가 되었을 무렵에는 다들 반바지를 자연스럽게 입고 있을지도 모른다. 맨투맨에 반바지를 입은 육십대 또한 있을 수 있겠지. 그러면 나는 그때도 반바지를

입은 또래의 사람들을 보며 반바지를 입느냐 마느냐 하염
없이 고민을 하겠지. 혹시 제가 벌써 지겨우신가요. 하지만
이 짧은 책은 앞으로도 이럴 예정입니다.

7
월
3
일

시

여름의 빛

무심코 내려다본 운동장

축구 하는 애들
그늘에 앉은 애들

혼자 운동장 구석을 걷는 아이가 하나

계속 보고 있었다
왜 그랬을까

여름의 빛이 뜨겁게 쏟아지고 있었고

선생님의 목소리와

운동장의 소리가 섞여 사라졌고

삶이 지루하다는 생각이 그날 처음으로 들었다

그래서였을까
그애를 좋아하게 되었던 것은

종이 울려서
다들 일어나기 시작했다

7
월

4
일

에세이

시의 목소리에 귀기울이기

때로 누군가 묻곤 합니다.

시는 어떻게 읽어요?

그럴 때는 이렇게 답하지요.

눈으로 읽어요.

농담 같은 소리지만 마냥 농담이기만 한 것도 아닙니다. 시는, 그러니까 현대시는 매우 강렬하게 시각의 영향을 받는 매체이기 때문입니다. 시는 지면에서 볼 때와 화면에서 볼 때 차이가 생깁니다. 시집에서 읽었던 시를 인터넷 블로그에서 다시 찾아 읽어본 적이 있다면 제 말을 이해하실 수 있으리라 생각합니다. 비교적 큰 판형의 문예지에 실려 있을 때는 아주 감동적이었던 시가 손바닥만한 시집에 실렸을 때는 그렇지 않아 당황스러웠던 적이 있으셨는지는 모르겠군요. 시는 화면과 지면, 큰 판형과 시집 판형 등 어떤 물리적 공간에 실려있느냐에 따라 그 감흥이 달라지기도 합니다. 본디 시는 시각적인 매체이기 때문입니다. 문학과 지성사, 창비, 민음사 등의 시집이 모두 비슷한 판형을 유지하고 있는 것은 그런 이유입니다. 잘 살펴보면 한 행에 들어가는 글자의 수, 한 페이지에 들어가는 행의 수도 대동소이한 편이지요. 문학동네시인선은 조금 예외적으로 글자가 더 많이 들어가는데요, 그런 이유로 다른 시집들보다 산문시가 더 잘 어울리는 경향이 있습니다. 혹여나 블로그 등에서 활자의 크기를 너무 크게 키운다거나 글씨체를 익숙하지 않은 것으로 바꾼다거나 하면 시의 감흥은 전혀 다르게 변합니다. 저는 지금도 시를 쓸 때는 줄 간격이나 행의 길이 등을 시집의 크기에 맞춰두고 있습니다. 그렇게 쓰면 나중에 책을 조판할 때 원고의 내용을 수정하지 않아도 되거든요. 반대로 시란 것이 시집 위에 올라가는 매체라는 점을 의식하지 않는다면, 아무리 좋은 시라 하더라도 책을 만드는 과정에서 시를 수정하게 되는 경우가 발생합니다. 다시 한 번 말씀드리지만, 시는 매우 시각적인 매체입니다.

시를 읽기 전에 눈으로 먼저 '보고' 그 좋음을 알아차리게 되는 경우도 있습니다. 행의 배치와 길이, 제목과 각 행에 배치된 문자 등을 보고 시를 읽기도 전에, 그 시가 숙련된 시인지 숙련되지 않은 시인지 알 수 있는 것입니다. 우리가 미술 작품을 볼 때 그 세부를 파악하기도 전에 강렬한 인상을 받고 좋음을 알아차리는 것과 마찬가지입니다. 인간의 시각은 우선 한눈에 들어오는 인상을 종합하여 판단을 내릴 수 있거든요. 물론 그 작품의 진정으로 좋은 점을 파악하기 위해서는 작품을 천천히 살펴봐야 하지만요. 이것을 저는 시의 타이포그래피라고 이해합니다. 지면 위에 문자를 배치하는 양식이기에, 그 시각적 요소가 매우 많은 영향을 끼친다는 점을 가리키는 것입니다. 그렇기에 저는 시란 눈으로 읽는 것이라고 농담 삼아, 간단하게 대답하곤 했던 것입니다.

그런데 아시다시피, 시는 원래 시각적인 매체가 아니라 청각적인 매체였습니다. 원래는 노래였고, 모두가 함께 부르고 들으며 나누는 것이었죠. 시만 그런 것도 아니었습니다. 소설 역시 마찬가지였어요. 이야기란 누군가가 말로 들려주는 것이었고, 여럿이 함께 그 이야기를 듣고 즉각적으로 반응하며 나누는 것이었습니다. 그때 문학이란 여러 시공의 마음과 감각을 하나로 묶어주는 일이었습니다. 그러나 지금의 문학이란 낭독하는 것이 아니라 묵독하는 것이 되었지요. 문학은 인쇄술의 발명과 책의 보급 이후 낭독하는 것에서 묵독하는 것으로, 공동체의 것에서 내면적인 것으로 변했으며, 그로부터 근대문학이 출발하였습니다. 우리는 시를 속으로 읽고, 혼자 생각하며, 혼자 감각합니다. 시를 통해, 문학을 통해 우리의 내면과 마주하는 것입니다. 지금의 문학은 아주 개인적인 것이지요. 저 역시 습작생 시절에는 시란 개인의 내면을 노래하는 것이며, 그렇기에 매우 개인적인 양식이라고 생각했습니다.

그런데 시인이 되고 보니 다른 생각을 하게 되었습니다. 문학이란, 시란 여전히 낭독하는 것일 수도 있겠다는 생각이지요. 등단하고 얼마 되지 않아서의 일이었습니다. 2010년대 초는 낭독회가 점차 늘어나던 시기였습니다. 지금처럼 한 달에 몇 개씩 낭독회가 열리는 시기는 아니었지요. 또한 젠트리피케이션이 확대되어가는 시기이기도 했습니다. 당시 홍대에는 '두리반'이라는 식당이 있었습니다. 대기업이 주도하는 재건축에 밀려 부당하게 가게를 철거당하고 쫓겨나야만 했던 상황에 저항하는 가게였지요. 이에 동참한 영화감독, 뮤지션, 시인, 소설가 등이 모여 두리반에서 매달 공연과 낭독회, 문학 포럼 등을 시작했습니다. 제가 처음으로 참여한 낭독회가 바로 그 두리반에서 했던 것이었습니다.

그때 저는 참 이상한 경험을 했습니다. 조용한 공간에서 여러 사람이 듣는 가운데 하나의 텍스트를 소리 내어 읽는 일은 제게는 처음이었습니다. 그것은 두 가지 차원에서 새로운 경험이었습니다. 하나는 시를 소리 내어 읽는다는 점에서, 다른 하나는 여러 사람과 읽는다는 점에서였습니다.

소리 내어 시를 읽는 일은 묵독으로 시를 읽는 일과는 완전히 다른 경험이었습니다. 시에서의 행이란 의미의 단위로, 문장이 끝나지 않는다 하더라도 하나의 행이 끝난다면 거기서 의미의 단락이 발생합니다. 시의 의미는 문장의 완결로 단락지어지는 것이 아닌 까닭입니다. 그런데 낭독회에서 시를 읽으니 행을 그대로 따라 읽어서는 오히려 어색하게 받아들여질 수밖에 없었습니다. 행갈이가 의미를 부여하기 위해 (혹은 의미를 망설이게 하기 위해) 부자연스럽게 문장을 끊는 일인 만큼, 소리 내어 읽으면 어색해질 수밖에 없었던 것입니다. 그러므로 행갈이나 연갈이를 따르는 대신 더 자연스럽게 읽히는 쪽을 따르지 않을 수 없었습니다. 그것은 이미 쓴 시를 새롭게 다시 쓰는 일이었습니다. 낭독과 묵독의 차이를 저는 그때 체감했습니다. 그리고 그 과정에서 저의 시가 전혀 다른 것으로 변해가고 있음을 알았습니다. 기존의 행갈이가 의미의 '망설임'이었다면, 낭독에서의 행갈이는 육체의 '호흡'과 가까웠습니다. 이 깨달음은 저에게 매우 소중한 경험이었습니다. 시각적인 것은 의식의 영역에 더욱 가깝지만, 청각적인 것은 의식을 넘어서는 지점에서 출발한다는 사실을 알게 된 것이지요. 또한 시는 물론 눈으로 읽는 것이지만, 눈으로 읽은 것을 다시 육체의 것으로 변환시키는 과정을 거칠 수밖에 없다는, 매우 당연하고도 중요한 사실을 체감하게 되었습니다. 그로부터 소월이나 미당의 시에 대해서도 더 깊이 이해할 수 있었지요. 소월의 「산유화」가 "산에는 꽃 피네/꽃이 피네/갈봄 여름 없이/꽃이 피네"라고 노래할 때, 그 행갈이는 의미와 소리를 모두 충족시키는 훌륭한 단락짓기가 되었던 것입니다.

그러나 그보다 더 중요한 차이점은 이것이 홀로 하는 낭독이 아니라 '낭독회'라는 데 있었습니다. 자연스러운 호흡을 의식하게 되는 것은 글을 소리 내어 읽기만 하는 것이 아니라 여럿에게 그 소리를 들려주는 일인 까닭이었습니다. 그것은 모두가 같은 글을 손에 쥔 채 누군가 대신 읽을 뿐인, 학교 수업에서의 광경과는 전혀 다른 것입니다. 문어체의 문장을 그저 목소리로 읽기만 한다면 그것이 좀처럼 들리지 않고 기억에 남지도 않는다는 것을 우리는 잘 알고 있습니다. 낭독회에서의 시 읽기란 시를 지면으로부터 떠나보내는 일입니다. 지면 없이 목소리로만 전달되어야 하는 것이 낭독회이지요. 이 목소리의 '나눔'이 저에게는 매우 특별한 일처럼 느껴졌습니다. 그 자리가 두리반을 위해 힘을 모은 사람들의 자리라고 이미 말씀드렸지요. 다수와 나누는 낭독은 그 마음을 모으는 일이었습니다. 누군가의 목소리에 귀를 기울이고, 그것의 복잡하고 낯선 의미를 헤아리려 하고, 때로는 헤아리지 않고 그저 목소리에만 집중하기도 하면서, 사람들의 마음은 모종의 결속을 얻게 되는 것입니다.

앞서 말씀드렸다시피 근대문학의 시작은 인쇄술의 발달로 인한 묵독에 있으며, 그 묵독으로 인해 우리는 내면성을 얻었습니다. 인쇄된 문학은 바로 그 '앎'을 정제하여 나누는 일을 맡고 있습니다. 그런데 낭독회에서의 시 읽기와 듣기는 '앎'을 나눈다는 문학의 일로부터 멀어져서, 다시 예전과 같이, 마음과 감각을 공유하고 퍼트리는 일을 하고 있었습니다. 문학이 잠깐 내려놓고 있던 역할이 바로 그 자리에서 새롭게 돌아오는 것만 같았습니다. 시라는 것이 모든 사람을 위해 쓰이는 것은 아닐 수도 있습니다. 시만이 갖는 특별한 의미와 감각을 이해하는 사람들만의 작은 공동체가 시의 세계에는 있는 것입니다. 다만 저는 그전까지 그것이 굉장히 내밀하고 비밀스러운, 그리고 일방적인 일이라고만 생각했습니다. 시인의 문장을 읽고 그것을 받아들이며 육화시켜나가는 과정은 저의 안에서만 일어나는 일이었기 때문입니다. 그러나 가끔, 어떤 순간의 시는 서로 직접 주고받는 일이 되기도 합니다. 소리 내어 읽고 그것을 듣는 경험을 통해서 말입니다. 그것이 꼭 낭독회에서만 이뤄지는 일은 아닐 것입니다. 가까운 이에게 시를 읽어주거나 그것을 듣는 일도 분명 특별한 경험이 될 것입니다. 꼭 행이나 연을 맞춰 읽지 않아도 좋습니다. 그저 자신의 호흡을 따라 자연스럽게 읽는 것이야말로 그 시를 제일 잘 읽는 법일 테니까요.

앞으로도 때로 사람들은 제게 시를 어떻게 읽느냐 묻겠지요. 그러면 저는 마찬가지로 눈으로 읽는 것이라 답할 것입니다. 하지만 때로는 이렇게 말을 덧붙일 수도 있겠습니다.

같이 읽어요. 소리를 내면서요.

7
월

5
일

시

고백 이야기

　말할 수 없어요 그게 뭔지 알지만 말할 수가 없어요 비가 오고 해가 뜨고 사람들은 우산을 접고 이리저리 돌아다니고 그러나 말할 수가 없어요 말해서는 안 돼요 창틀에 앉은 죽음이 할머니를 부르고 있고 너무 많은 새들이 동시에 울기 시작하고 말할 수도 없어요 말도 다 못해요 떨어트린 휴지가 데굴데굴 굴러가고 그걸 다시 감아도 한참 헐겁고 말해진 건 없어요 말은 다 했어요 바깥은 이토록 해가 빛나고 화장실에 갇혀서 나오지 못하는 사람이 있고 말할 수는 없어요 꺼내달라는 말 외에는 할말이 없어요 문밖에는 사람이 지나다니고 아무도 노크를 하지 않고 그러니 말할 수 없어요 물이 차올라서 입을 열 수 없어요 죽어가는 사람은 없고 모두가 당분간 안전하고 그렇게는 말할 수가 없어요 모두 다 맞는 말이지만 그럴 순 없어요 말이 다 끝나면 밤이 오고 창틀에는 아무것도 없고 죽음마저 떠나면 사실만이 남아요 사실만 남아서 자꾸 소리를 질러요 그러니까 말할 수 없어요 그게 뭔지 안다면 말할 수가 없어요 (물 내리는 소리가 들린다 아주 잠시 작게 고백하는 사람이 있다 물 내리는 소리가 그치지 않는다 당신이 입을 열기 전까지)

7

월

6

일

에세이

어떤 검시관

1.

최초의 수치심을 기억한다. 작은 도둑질이었다. 그때 훔친 것은 무슨 과자나 장난감이었을 것이다. 어쩌면 과자를 사면 장난감을 끼워주는 종류의 물건이었을 수도 있는데, 물건에 대해서는 잘 기억나지 않는다. 아마 죄책감이 심했기에 빠르게 잊어버린 것이리라. 물건에 대해서는 기억할 수 없지만 그때 느꼈던 복잡한 감정만은 강렬하게 남아 있다. 원하던 것을 얻었지만 생각만큼 기쁘지는 않았고 희열보다는 죄악감이 먼저 찾아들었다. 사람 없는 골목길을 걸으면서 차라리 사람이 많았으면 좋겠다는 생각을 했다. 처음에는 들키지 않을까 두려웠지만 이내 차라리 들켰으면 좋겠다는 생각이 들었던 것이다. 나는 비밀을 감당하기에는 너무 어렸고 악행을 견디기에는 너무 약했다. 그러니 차라리 누군가 나를 혼내주기를 바랐다. 그러나 바람대로 되지는 않았다. 너무 어린 나에게는 잘못을 털어놓고 용서를 구할 용기조차 없었다. 그러므로 나의 소심한 첫 악행은 나 외에는 아는 사람이 없었다. 그리고 이제 나에게는 그 죄책감과 수치스러움의 기억을 떨칠 수 있는 기회가 없다. 앞으로도 그러할 것이다.

나는 무엇이든 빠르게 잊는 편이다. 기쁨이나 분노, 증오나 슬픔 따위의 감정을 오래 품지 못하고, 오래도록 살아온 마을, 몇 년이고 알아온 친구, 사랑하던 사람과 나눈 대화마저 금세 잊어버리고 만다. 머리가 나쁜 것인지 그저 관심이 없던 것인지는 지금도 잘 모르겠다. 그런데 수치심만은 좀처럼 잊을 수가 없다. 사소한 부끄러움부터 몸이 떨릴 정도의 치욕까지 크고 작은 수치심을 느낀 순간들이 나의 기억의 대부분을 이룬다. 옛날 일을 떠올리면 수치스러운 장면들이 끝없이 줄지어 걸려 있는 회랑을 걷는 것 같다.

나를 추동하는 것은 언제나 수치심이었다. 부끄럽고 싶지 않아서, 부끄러운 것을 피하고 싶어서, 무엇인가를 선택하거나 포기했다. 선택하는 일보다는 포기하는 일이 더 많았다. 그게 더 쉬우니까. 다치지 않으니까. 욕망을 갖지 않으면 부끄러운 일을 피할 수 있었다. 말을 하지 않으면 부끄럽지 않았다. 아무것도 하지 않으면 부끄럽지 않았다. 사랑하지 않으면 부끄럽지 않았다. 미워하지 않으면 부끄럽지 않았다. 별로 자랑할 만한 태도는 아닐 것이다. 이러한 자기기만이야말로 가장 부끄러운 태도라는 것은 스스로도 잘 알고 있었다. 무엇인가를 포기할수록 나는 더욱 부끄러운 인간이 되었다. 그러나 그것을 스스로 절감하면서도 이러한 태도를 쉽사리 바꿀 수는 없었다.

2.

　자라면서 내가 알게 된 것은 어떤 수치스러움은 적절한 형식을 갖추면 부끄럽지 않은 것으로 위장될 수 있다는 점이었다. 나에게 그 형식은 문학이었다. 문학을 알고서, 나는 내가 포기한 것들에 대해 썼다. 나는 자전거를 탈 줄 모르고, 수영을 할 줄 모르고, 수학을 일찌감치 포기했고, 태권도는 두 달 만에 그만뒀고, 피아노와 바이올린은 그보다 빠르게 그만두었으며…… 끝없이 계속 떠오르는 그것들에

구조를 부여하고, 서사를 만들어내고, 때로는 직접적으로, 대개는 알아볼 수 없을 정도로 형해화하여서, 시나 소설 따위를 자꾸 써내려갔다. 나의 수치스러운 부분을 전혀 다른 것으로 만들어낼 때마다 쾌감을 느꼈다. 그 쾌감 속에서 가끔은 구원받았다는 생각도 들었다.

그러나 즐거움은 오래가지 않았다. 시인이 되고 나서는 어쩐지 이런 쾌감을 느끼는 일에 죄악감을 느끼기 시작했기 때문이다. 아무것도 바뀐 것 없이, 그저 나 자신을 왜곡시키고 굴절시켜서 만들어내는 이 끝없는 현실도피를 언제까지 계속할 수 있을까. 계속해도 좋은 것일까. 어느새 나에게 시쓰기란 절망감과 불능감을 역전시켜서 끊임없이 혼자서 즐거운 기계가 되어가는 일이 되어 있었다. 그러나 자꾸 도망가기를 좋아하는 나는 얼마 안 가 나의 얄팍한 윤리의식으로 나 자신을 비난하는 일을 통해 쾌감을 얻고 있었다. 죄책감을 느끼고, 그로부터 수치심을 느끼고, 그것을 비난함으로써 쾌감을 느끼고, 다시 그로부터 죄책감과 수치심을 느끼는 일이 계속되고 있었다. 부끄러움을 쾌감으로 변환시키는 변태적인 도구로서 시를 이용하는 일을 계속

해나가도 될는지 알 수 없었다. 그러나 그만둘 수 없었고, 그만둔다고 달라지는 것도 없었다.

　시의 무능이 곧 시의 가능이라는 식의 말들은 잠깐의 위안이 되고는 했다. 지구가 둥글고 물은 위에서 아래로 흐른다는 말로써 안심하듯이, 시의 무능도 나를 안심시키고는 했다. 그러나 말을 곧이곧대로 듣지 못하는 나에게는 간혹 저 말이 이렇게 들리기도 하였다. 괜찮아. 무능해도 괜찮아. 무력해도 괜찮아. 지구는 둥글고, 시는 무능하고, 그러니까 물은 그냥 위에서 아래로 흐를 거야. 괜찮아. 힘을 빼도 괜찮아. ……편협하고 악의적인 왜곡이기는 하지만, 결과적으로 시의 무용론은 이런 식으로 사용되어버리고 만다는 생각이다. 무력하고 무능한 것을 통해 폭력에 대해 생각하도록 한다는 말은 무력함과 폭력이 구분 가능했던 시절에나 가능한 이야기니까. 그러나 이렇게 자신 있게 잘라 말해도 사실 그다지 자신 있는 생각은 아니다. 무엇보다 윤리적 저항감이 뱃속에서 밀려올라오는 것이다. 그래봐야 결국에는 이러한 생각들을 양분 삼아 또 나를 비난하고 그로부터 쾌감을 느끼는 셈이지만.

어쨌든 자꾸 반성을 하고, 자꾸 자기혐오를 하고, 자꾸 나 자신에게 얄팍한 윤리적 잣대를 들이밀고, 자꾸 우물쭈물하면서도, 자꾸 어정쩡한 시를 부끄러운 줄 모르고 쓰게 된다. 나도 이것이 비윤리적이라는 것을 알아. 그러면서도 하는 거야! 가장 의미 없고 멍청한 알리바이를 내세우면서, 중학교 이학년생처럼 작고 의미 없는 위반에 혼자 흥분해버리는 것이다. 청소년기부터 일본 서브컬처에 관심을 쏟았던 것도 결국에는 이러한 태도와 관련이 깊다는 생각이다. 일본 서브컬처의 세계야말로 성장을 거부하고 절망감과 불능감을 왜곡시켜 무한한 전능의 감각을 획득하는 세계니까.

3.

다시 어릴 적의 이야기를 해보겠다. 어머니가 종종 내게 해주시던 어린 날의 이야기로, 나는 너무 순하기만 한 멍청이였던지라 또래 아이들이 종종 나를 괴롭혔다고 했다. 결국 어머니는 내가 너무 답답해서, 그놈들이 괴롭히면 참지 말고 꼭 때려주라고, 그렇게 말했더랬다. 그러자 나는 멍청이같이 이렇게 대답했다고 한다. "그러면 영대가 아프잖아요." 그애들 중 하나의 이름이 영대였다. 어머니는 내가 아주 사랑스럽고 귀여운 아이였다는 식으로 이야기하셨지만, 나는 기억하고 있다. 나는 단지 두려워했을 뿐이었다. 누군가를 상처 입히는 일이 너무 무서워서, 이후의 일을 도무지 감당할 수가 없어서. 이건 또다른 맥락의 이야기이긴 하겠지만. 어쨌든 나는 어릴 때부터 그랬던 것 같다. 무서워서 아무것도 하지 않는 애였고, 아플 것이 두려워 아픔을 참는 애였다.

대체 내가 무엇을 마주해본 적이나 있는지 모르겠다. 지나간 연애들을 돌이켜보면 공통적으로 듣게 되는 말이 있었다. "너는 참 성의가 없어"라거나 "너는 너무 무심해"라거나. 헤어지기 직전에 듣게 되는 말들이었다. 나는 사랑하는 일조차 두려워했던 것이다. 나의 삶이 누군가에 의해 변해버리는 것을 받아들일 수가 없었다. 언제나 씩씩하고 용감한 아이들이 부러웠다. 위험 속에서, 위험을 감수하면서, 꿋꿋하게 걸어나가는 아이들이 항상 빛나 보였다. 무서워서 사랑할 줄을 모르고, 무서워서 미워할 줄을 모르고, 나는 약해요, 나는 아무것도 할 수 없어요, 그러니 나를 미워하지 마세요, 때리지 마세요. 스스로 엎드리면서. 그러한 상황에 혼자 만족해버리면서. 자꾸만 자기기만을 하면서, 자기기만하는 자신을 증오함으로써 다시 자신을 기만하면서.

나를 비난하고 싫어하지 않으면 견딜 수가 없다. 여전히 나를 추동하는 것은 수치심이고, 수치심에 기인한 자기혐오이며, 결국 내가 하는 일은 자기혐오를 동력 삼아 혼자서 계속하는 수치 플레이인 것이다. 이렇게 고백하듯이 글을 쓰는 것도 그 일환이고, 문학은 언제나 고백의 형식이고, 그러니 계속하다보면 나는 이렇게 자꾸 꼬리에 꼬리를 무는 방식으로, 셀프 인간지네라도 될 수 있겠다. 그 모양을 떠올려보니 영 역겹기는 하다.

4.

시의 자유가 버겁다. 시의 아름다움을 믿을 수 없다. 불가능에 대한 시의 지극한 애호가 부담스럽다. 시의 무력함이 원망스럽다. 시의 무심함을 견딜 수 없다. 시가 도약하는 순간은 항상 위태롭게 느껴진다. 시의 날카로움이 고통스럽다. 시의 부드러움이 지겹다. 시의 가벼움에 짓눌리는 것 같다. 시가 자아내는 경이로움은 나를 비참하게 만든다. 시를 위한 시를 믿을 수 없다. 시를 위하지 않는 시는 참을 수 없다. 이렇게 나의 무능함의 까닭을 시로 돌리고야 마는 나 자신의 비겁함이 혐오스럽다. 나를 멍청하게 만들고자 시를 필요 이상으로 거대하고 신비한 것으로 대하는 나의 태도가 실로 멍청하게 느껴진다. 그것을 극복하고 싶어서 시를 낡고 왜소한 것으로 몰아세우는 나의 태도가 정말이지 안일하게 느껴진다.

첫 시집을 낸 이후로는 이런 생각에 시달리게 된다. 새삼스러운 호들갑은 아니고, 항상적인 호들갑이다. 사실 첫 시집을 묶기 전에도 나는 나를 미워했고, 그때는 지금과 조금 다른 방식으로 자기혐오의 애크러배틱을 펼쳤을 뿐이다. 생각해보면 그 내용마저 전이나 지금이나 그렇게 다르지도 않다.

요새는 시론 비슷한 글을 쓰거나 발언할 기회가 많아서 시가 어떻다는 둥 하는 글을 몇 번 썼지만, 당분간은 그런 말을 하고 싶지가 않다. 이제 와서는 동어반복 외에 할 수 있는 말도 없고, 그때의 생각들이 다 진짜로 그렇게 생각했던 것인지, 그게 정말 내 시와 관계가 있는 것인지도 모르겠다는 생각이 들기 때문이다. 진정성이라는 말이 유행인 적이 있었고, 모두가 그러하듯 나도 그 말을 싫어하지만, 생각해보면 언제나 나는 그 '진정성'이라는 것에 목을 매왔다. 뜻대로 잘 되지 않았을 뿐. 어쨌든 고백인지 자기폭로인지 알 수 없을, 이도 저도 못 될 지금의 이 글이야말로 내가 처해 있는 상황 그 자체랄 수 있겠다.

문학이 조잡하고 조악한 자기연민의 자기 서사로 그쳐서는 안 된다고 언제나 생각하면서도, 결국 쓰게 되는 것은 조잡하고 조악한 수준의 자기 서사에 그치고 만다. 다만 그것이 너무 부끄럽고 싫어서, 어떻게든 도망가고 싶어서, 말을 줄이고 생각을 줄이는 시늉을 할 뿐이다. 이런 식의 어설픈 고백이 나 자신의 글쓰기에는 별다른 소용이 되지 않으리라는 생각을 한다. 심지어는 이 글을 읽는 이들에게도 별 도움은 되지 않을 것이다. 더 멋있는, 더 진지해 보이는 글을 쓸 수도 있겠지만, 이제 멋있는 말 같은 것은 하고 싶지 않고, 그저 내가 처한 것에 대해서 가장 솔직하다고 여기는 방식으로만 말하고 싶다. 솔직하다고 스스로 여기는 방식이야말로 가장 솔직한 것과 거리가 먼 것이면서 가장 투명한 거짓말이 되겠지. 그런 기대를 하면서.

이제는 아무것도 하지 않음으로써 무엇이든 할 수 있게 되는 종류의 마술을 거절하고 싶다. 아무것도 하지 않음으로써 아무것도 할 수 없든, 무엇이라도 함으로써 무엇이라도 할 수 있든, 어떻게든 용도가 명백하고 활용이 분명한 세계를 원한다. 원한다는 말은 지금은 불가능하다는 뜻이겠다. 이 글은 여기서 끝이 나고, 이 생각은 또 다음 계절이 올 때쯤이면 바뀌어 있을 것이다. 그때쯤엔 이런 글을 쓴 것을, 이런 생각을 한 것을 후회하겠지. 그때에는 또 후회를 동력 삼아 움직일 것이다.

7

월

7

일

시

이름 이야기

공원을 걷다가 개 이름 부르는 사람들도 보았고
개 이름이 사람 이름 같다는 생각도 했지

저 개는 자기 이름을 알고
자기 이름을 부르면 달려가기도 하네

그런데 뭐더라
너 이름

중학생 때 좋아하던 같은 반 남자애가 내게 말할 때
대답하지 못했지

비가 내렸고

우산을 같이 쓰겠냐고 물었을 때였다

(비 쏟아지는 소리와 함께 페이드 아웃되었고 그 이후로는
기억이 없다)

공원에는 그날처럼 비가 내렸네
우산도 없이 빈손으로 걸었지

저기서 누가 개를 부르고 있었는데
그게 내 이름 같다는 생각을 했네

7

월

8

일

에세이

골목에는 개가 서 있고

골목에 대한 기억. 가족들과 함께 걸어가던 어릴 적 어느 날의 저녁, 나는 어째서인지 조금 신이 나 있었고, 신이 난 아이들이 으레 그러하듯 가족들을 뒤로 두고 저만치 혼자 걸어가고 있었다. 그런데 저 앞을 보니 아버지가 한참을 앞서 걷고 있었다. 이상한 불안감에 열심히 뛰어 아버지를 따라잡았는데, 고개를 들어 얼굴을 보니 모르는 사람이었다. 뒤를 돌아보니 가족들이 나를 쳐다보고 있었다.

또다른 골목의 기억. 어릴 적 나는 밤의 골목길을 조금 무서워했다. 혼자 걸을 때면 누군가가 뒤에서 쫓아오고 있다는 강박을 한동안 느껴왔고, 언제나 그 때문에 걸음을 재촉하며, 뒤를 자꾸 돌아보았다. 때로 뒤에는 아무도 없었고, 또 때로는 한 사람 혹은 두어 사람이 걷고 있었다. 누군가

있느냐 없느냐 하는 것이 중요한 문제가 아니었다. 그 누군가가 내게 무엇을 하느냐 아니냐도 중요한 문제가 아니었다. 누군가가 뒤에서 나를 보고 있다는 감각, 누가 나를 보며 따라온다는 그 느낌이 나를 괴롭혔다.

나는 골목에 대한 시를 한 편 썼다. 「구조」라는 제목을 가진 시였는데, 골목에서 개 한 마리가 나를 쳐다보는 시였다. 골목이 길게 뻗어 있고 골목 저 끝에서는 개 한 마리가 나를 쳐다보고 있다. 나는 불현듯 개가 귀신을 본다는 말을 떠올린다. 개는 귀신을 보는 동물인데 지금은 나를 보고 있는 것이다.

골목은 시선의 긴장을 만들어낸다. 집과 벽의 늘어선 배치가 시선의 방향을 제한하고, 동시에 늘어선 집과 벽들은 그 안의 골목을 응시한다. 골목에서는 시선이 응축되며 그 응축이 강렬한 압력을 만들어내는 것이다. 아마 나는 그 압력을 두려워했던 것이리라. 그리고 성인이 되어 쓴 골목에 대한 시는 그 압력에 던져진 자신에 대한 시라고 생각한다. 시적 주체는 내면에서 발산되는 것이 아니고, 외부의 힘, 즉

시선에 의해 구성된다. 골목에서는 골목의 주체가, 공원에서는 공원의 주체가 생성되고, 또한 그 안에서 끊임없이 변화되는 것이리라. 생활과 생활의 사이에 놓인 골목이라는 공간에 서 있는 나를, 귀신을 보는 개가 지금 보고 있다면, 나는 귀신이 되는 것일까 사람이 되는 것일까. 귀신도 사람도 아닐 것이라는 게 내 생각이지만, 어느 쪽도 확실한 것은 아니다.

이 시와 관련하여 작은 추억이 있다. 작고하신 이승훈 시인과의 일이다. 아마 육 년이나 칠 년 전의 일일 것이다. 이수명 시인을 통해서 이승훈 시인을 만나뵌 적이 있다. 내가 워낙 공공연히 이승훈 시인의 시를 좋아하노라 말하기도 했던지라 이승훈 시인과 자주 교류하던 이수명 시인이 마련해준 자리였다. 이승훈 시인이 살던 강남의 오래된 아파트 단지 내에 있는 호프집에서 시인을 뵈었다. 약속 장소에 한 시간씩을 먼저 가서 기다리시곤 한다는 말을 들었던 터라 약속 시간보다 한참 일찍 갔지만, 그보다 먼저 이승훈 시인이 와서 기다리고 있었다.

그날 이승훈 시인이 어느 지면에서 「구조」라는 시를 보고, 자신이 쓸 것 같은 시를 젊은 친구가 썼다고 웃으며 이야기했다. 듣고 보니 시의 논리가 이승훈 시인의 시와 많이 닮았다는 생각이 들었다. 자아의 흔들림과 불확실성, 그럼에도 너무나 분명하고 확실하게 존재하는 자아라는 시적 구도가 닮았던 것이다. 나는 그 말씀을 들으며 어쩐지 멋쩍은 기분이 들었다. 흠모하는 시인의 시를 닮게 되는 것은 당연한 일이지만, 한편으로는 그것을 확인하게 되는 순간 어쩐지 부끄럽고 민망하다는 생각이 들기도 하니까. 앞서 이야기한 시선의 구조와 그것을 통해 만들어지는 시적 주체에 대한 생각 역시 내 생각이 아니라 어디선가 누군가로부터 들은 것이겠지. 그러나 애당초 내 생각이라는 것은 어디에도 없다는 것이 나의 생각이고. 이런 말은 아마 이승훈 시인의 어느 글에선가 읽은 것 같기도 하다.

그날은 제법 늦게까지 이야기를 나누었다. 이승훈 시인은 굳이 역까지 나와 이수명 시인을 바래다주었다. 기분이 좋으셨던 모양인지 평소보다 많이 맥주를 마시고 늦게까지 자리에 계셨던 것이다. 이후에 전해듣기로 다음 며칠간 몸이 아프셨다 했고, 언젠가 찾아뵈어야지 생각만 하다 결국 뵙지 못하고 이승훈 시인을 떠나보내게 되었다. 평소에는 내 시를 전혀 떠올리지 않지만, 골목을 걷다보면 가끔은 그 시를 떠올리게 되고, 그 시와 관련된 이승훈 선생과의 기억을 떠올리게 된다. 그러한 시선도 있는 것이다.

7
월
9
일

에세이

이수명 시인께

선생님, 그간 건강히 잘 지내셨는지요. 선생님을 뵙지 못한 지 한참 되었습니다. 요즘에는 바쁘다는 핑계로 연락을 잘 드리지도 못했네요. 이렇게 편지를 드리는 것이 그간의 격조를 벌충하지는 못하겠지만 그래도 이 인사에 저의 반가운 마음이 담겨 있음을 알아주시기를 바랄 뿐입니다. 근래 선생님을 자주 뵙지는 못하였지만, 여전히 선생님과 선생님의 시를 자주 생각합니다. 저의 시쓰기를 생각하기 위해서는 마음에 두고 있는 여러 시인의 시를 생각할 수밖에 없고, 그중에서도 선생님의 시는 저에게 참 특별한 위치를 갖고 있는 까닭입니다.

제가 시를 쓰게 된 이유는 선생님 때문이니까요. 선생님 때문이라고 해야 할지, 선생님 덕분이라고 해야 할지 말을 잠시 골랐습니다. 하지만 역시 약간의 엄살을 섞어 선생님 때문이라고 말하는 편이 좋을 것 같습니다. 선생님을 만나고 시라는 고약한 것에 빠져버리고야 말았으니까요. 시가 아름답고 흥미로운 것이라는 사실을 알게 된 것도 시를 통해 세상을 다르게 감각하게 된 것도, 무엇보다 시인이 되고 싶다는 마음을 먹게 된 것도 분명 선생님 때문이었습니다.

문예창작학과에 막 입학했던 무렵, 저는 시가 무엇인지 제대로 알지도 못했고, 시를 알고 싶다는 마음 또한 딱히 없었습니다. 그랬던 제가 시를 쓰고 싶다는 생각을 하게 된 것은 학부 이학년 시절 선생님의 시 창작 수업을 들으면서부터였습니다. 수업 시간에 시에 대해 말할 때, 선생님은 꿈을 꾸고 있는 것처럼 보이기도 했고, 먼 곳을 보고 있는 것 같기도 했습니다. 당시로서는 선생님의 말씀이 너무 어려워 제대로 이해한 내용은 거의 없었지만, 그 알 수 없는 이야기 가운데서도 문학에 대해 솔직하고 열렬한 모습을 보이던 그 순간이 아주 멋져 보였다는 것만은 분명히 기억합니다. 그리고 그 멋진 모습에 동경하는 마음을 품지 않을 수가 없었지요.

선생님은 너무 멋있는 사람이었고, 그토록 멋있는 사람에게 나도 칭찬을 받고 싶다는 것이, 시를 열심히 써야겠다는 생각을 하게 된 동기였음을 고백하고 싶습니다. 저의 시쓰기는 시가 무엇인지도 모르는 채로 무작정 시작되고야만 것입니다. 그러나 그 무작정이야말로 시쓰기에서는 가장 큰 힘이자 동력이겠지요. 시가 무엇인지 모르는 채로 시를 써나가는 것은 두려운 일이지만, 그 두려움이 결코 나쁜것은 아니며 사실은 은밀하게 즐거운 일이기도 하다는 것을 저는 시쓰기를 통해 배웠습니다.

"시를 쓴다는 것은 흔히 생각하는 것과는 달리 시란 무엇인가, 하는 질문을 던지지 않는 것이다. 질문은 행위를 묶게마련인 까닭이다. 생각하지 않을 때 시는 움직인다. 동시에생각으로 이루어져 있지 않기에 시에 이를 길이 없어 보인다. 시는 시적 공허에 대한 직면으로 자주 대체된다." 선생님의 첫번째 시론집 『횡단』의 서두에는 이렇게 적혀 있습니다. 제가 시를 쓰며 배운 것을 자주 선생님의 시와 시론에서확인하곤 했습니다. 분명 수업 시간에는 무슨 말인지 이해하지도 못하고, 사실은 거의 기억하지 못했던 말들인데, 시와 직접 마주하고 부딪히며 깨닫게 된 것은 결국 모두 선생님께 배운 것이었습니다. 선생님의 시론을 읽으며, 그리고 시를 읽으며 시에 대한 저의 생각들이 선생님에게서 왔음을 알게 되는 일은 그 자체로 시 공부로 이어졌습니다.

그렇게 조금씩 빗물이 땅에 스미듯이 옷에 향이 배듯이 선생님과의 수업 시간은 저에게 쌓여 있었습니다. 결국 배움이란 그런 것이 아닌가 싶습니다. 지식을 얻는 일이 아니라 자세가 닮아가는 일이 배움이겠지요. 선생님에 대한 동경으로 시작한 저의 시쓰기는 선생님의 시적 태도를 닮아가는 일로 이어졌습니다. 결국 시를 쓰면 쓸수록 선생님의 시에 더 깊게 빠져들 수밖에 없었다는 것이지요. 선생님의 시가 포착하는 세계가 얼마나 투명하고 정교한 것인지, 시를 쓸수록 시를 알아갈수록 새삼스럽게 깨닫게 되었습니다. 동시에 시라는 것이 도달할 수 있는 영역이 그토록 멀어지고 넓어질 수 있음을 알게 되었습니다.

하지만 바로 그 이유로 저의 시쓰기는 선생님으로부터 멀어지고자 하는 일이기도 했습니다. 너무 많은 것을 배웠고 또 받았기에 오히려 그로부터 멀어져야겠다는 생각을 하지 않을 수 없었습니다. 선생님께 배운 것을 생각하고, 선생님의 시를 생각하며, 그와 분리되고 구분될 수 있는 저의 시를 고민하는 일이 습작 시절 저의 시쓰기가 되었지요. 저의 시쓰기의 시작점에는 선생님의 시가 있었고, 제가 한 명의 시인이 되기 위해서는 그 시작점으로부터 씩씩하게, 그리고 가능한 한 멀리 나아가야만 한다고 생각한 것입니다.

그러나 시인이 된 지 어느새 십 년이 넘는 시간이 지났습니다만, 저는 여전히 선생님의 배움으로부터 충분히 멀어지지 못했습니다. 오히려 시간과 더불어 더 멀리, 더 자유롭게 운용되는 선생님의 시를 보며 기쁜 마음으로 낙담하는 날들을 오래 보내고 있지요. 멀어지기는커녕 한참 앞선 곳에서 가볍게 유영하는 선생님의 시를 뒤에서만 지켜보고 있는 형국이라고, 자주 생각하곤 합니다.

이 편지는 신작을 기다리는 작가에게 보내는 것입니다. 제가 가장 신작을 기다리는 시인은 선생님입니다. 매번 변화하고 나아가는 선생님의 시를 따라 읽으며 이 끊임없는 변화가 시인의 할일이고, 변함없이 이어지는 탐구에의 자세가 시인의 본분임을 배웁니다. 선생님, 선생님의 시는 어떻게 그렇게 계속 자유롭게, 그리고 더 명쾌하게 움직일 수 있는 것인지요. 배움에서 멀어지고 싶다고 바로 앞에서 말해놓고는, 다시 또 배움을 청하고 싶어지는 것이 저의 솔직한 마음입니다.

아마 『언제나 너무 많은 비들』이 출간되었을 무렵으로 기억합니다. 선생님을 찾아뵙고 함께 오래 이야기 나누던 날, 선생님은 문득 생각났다는 듯이, 이렇게 가볍게 움직여도 되는데 왜 그동안 그렇게 하지 않았는지 모르겠다고 말씀하셨지요. 선생님이 말씀하신 것처럼 『언제나 너무 많은 비들』은 문득 생각난 것처럼 훌쩍 높은 곳으로 날아가버리는 시집입니다. 선생님의 이전 작업들에서 공통적으로 발견되는 세계에 대한 예민하고 정확한 감각으로부터 한발 더 나아가, 엄격하지만 자유롭고, 부드럽지만 날선 사물들이, 그 사물에 대한 감각들이 도처에 도사리고 있었습니다.

무심코 생각난 것처럼 움직이는 선생님의 시가 저에게

얼마나 자주 놀라움을 주는지요. "이 털실은 부드럽다./이 폭설은 따뜻하다./이 털실은 누가 던졌기에 아무도 사용하지 않습니다."(「털실 따라 하기」, 『마치』)처럼 자유롭게 미끄러지다 갑자기 다른 모든 것을 멈춰버리는 문장들은 어떻게 가능한 것인지, 저는 자주 궁금합니다. 『물류창고』와 『도시가스』를 오가며 너무 명백해서 오히려 아무것도 알 수 없게 되어버리는 그런 세계가 어떻게 그려질 수 있는 것인지, 저로서는 알 수 없습니다. 어쩌면 선생님도 알지 못하는 채로 움직이는 것이 아닐까 멋대로 짐작해봅니다. 선생님이 말씀하셨듯, 시란 무엇인가를 알기 원하는 일이 아니고, 미지에서 탄생하여 미지에 착륙하는 일이니까요.

바로 그렇기에 저는 항상 선생님의 시가 궁금하고, 더 읽고 싶습니다. 선생님의 신작을 기쁜 마음으로, 애가 타는 심정으로 기다리고 있습니다. 그 미지에의 움직임과 마주할 때, 무심코 어떤 존재를 알아차렸을 때의 기쁨이야말로 제가 시를 사랑하게 된 이유였으니까요. 제가 시를 사랑하는 이유를, 그리고 시를 쓰며 괴로운 까닭을 새삼 알아차리게 하는 것이 선생님의 시임을 말씀드리고 싶습니다.

"가까이, 그리고 멀리서 움직일 인찬의 시를 위해!" 제가 등단을 하고 얼마 지나지 않았을 무렵, 사인과 함께 선생님이 시집에 적어주신 말이었습니다. 저는 선생님께 충분히 가까이 가지도, 또한 충분히 멀어지지도 못한 채로 엉거주춤한 모양의 시를 쓰고 있을 따름이지만, 여전히 이 말을 자주 생각합니다. 선생님께서 말씀해주신 대로, 그리고 선생님께 배운 대로 충분히 멀어질 수 있기를 바라며, 그러나 가까운 곳에서 함께할 수 있기를 바라며, 저 또한 놓지 않고 시를 써나가겠습니다. 계속 멀어지고 더욱 자유로워질 선생님의 시와 가까이, 그러나 멀리 움직일 수 있도록 애써보겠습니다.

이만 편지를 줄입니다. 머지않아 선생님을 뵙고 반갑게 인사 나눌 수 있기를 바랍니다. 부디 건강하시기를, 그리고 자주 즐거우시기를 바랍니다.

7

월

10

일

시

부푸는 빵들처럼

부푸는 빵들처럼
노래하는 거위처럼

유리창 너머로 펼쳐지는 여름의 나무들처럼

구체성은 없고
느낌만 있고

그런 세계를 향해 피크닉을 떠났는데요

늦봄의 해변인데 초가을의 근린공원인데 분명 소중하고
아름다운 추억인데 잊히지 않을 마음인데

누구셨죠

여기 있어야 하는데 여기 없는 분

"배가 고파도 조금만 참으면 허기가 사라지거든요"

"그건 좀 슬픈 것 같아요"

"그렇다면 슬픈 건 저의 인생인데요"

……바구니에 담긴 빵과 포도주는 부드럽군요

따뜻한 바람이 불고 있는데

빵은 무한히 부풀 수도 있는데

피크닉 보자기는 아주 넉넉해서 두 사람이 눕고도 남을
정도인데

어디 가신 거죠

여기 계시던 그 많은 관광객은

피크닉의 세계를 향해 떠나는 이미지의 모험은 어느 순

간 끝나버립니다

사람도 다 떠나버린
상상된 공터 위에는

피크닉 보자기 하나
제멋대로 부푼 빵이 하나

이 시는 그다음을 상상하지 않습니다
이미지와 느낌 사이 어딘가에서 그만 멈추겠습니다

7
월

11
일

에세이

나의 모범은 나의 미워하는 것,
나의 취미는 나의 부끄러운 것

영원한 여름들

어째서인지 여름에 대해 많이 쓰게 된다. 때로 누군가는 여름을 시에서 자주 다루는 까닭이 무엇이냐 묻기도 하는데, 그럴 때면 내가 여름을 싫어하기 때문이라 답한다. 일정 부분 사실이다. 나는 싫어하는 것에 대해 자주 생각하니까. 그러나 그것은 충분한 대답이 아니기도 하다. 내가 그리는 것이 여름의 싫은 면들은 아니니까. 내가 그리는 것은 내가 좋아하는 여름의 이미지들이다. 여름은 좋아하지 않지만 여름의 이미지는 비교적 좋아하는 편이고, 어디선가 본 영화나 만화, 소설 등에서 그려지는 여름들, 재현된 여름들이 나에게는 여름의 이미지로 남아 있다. 푸른 하늘과 운동장, 교복을 입은 아이들, 검은 물자국이 남은 수돗가 같은 것들. 특히 많은 영향을 받은 것이 일본 서브컬처에서 그리는 여름들이다. 지금은 그렇게까지 열심히 즐기는 편은 아니지만, 십대부터 이십대 초반까지 즐겨보았던 그것들이 지금까지 내 안의 여름 이미지의 중심을 이루고 있다.

그중에서도 가장 큰 비중을 차지하고 있는 것이라면 역시 〈신세기 에반게리온〉의 여름이다. 2020년까지 '에바' 이야기를 하고 있다는 것을 나 자신도 믿을 수 없지만, 어린 시절의 내게 영향을 주었던 것에 대해 말하자면 역시 이 이야기를 피할 수가 없다. 2000년대 초에 일본 서브컬처를 좋아했던 이들이라면 크든 작든 '에바'의 영향을 받게 마련이었으니 말이다(내 편견임). 아무튼 청소년이 주로 주인공으로 등장하는 일본 서브컬처에서는 청춘의 이미지와 어울리는 여름이 자주 배경으로 등장하고, 그건 '에바' 역시 마찬가지였다. 게다가 '에바'의 여름은 한술 더 떠 영원한 여름이기까지 하다. 거대한 재앙으로 인해 지축이 흔들려 겨울이 사라지고 영원한 여름이 계속되는 세계가 〈신세기 에반게리온〉의 배경인 것이다.

여기서 그려지는 영원한 여름은 성장이 불가능한 세계

자체를 은유하는 것이기도 하다. 주인공 이카리 신지는 인류 절멸을 목적으로 하는 미지의 적들과 싸우지만 그 자신은 싸움의 이유를 제대로 알지 못하며 싸움의 의미조차 찾지 못한다. 다만 아버지가 명령했기에, 도망치지 않고 겨우 싸울 뿐이다. 그는 이야기가 끝나기까지 내내 이해받지 못하며 사랑받지 못한다. 세계는 그가 이해할 수 없는 것으로 가득차 있기 때문이다. 소년은 떠밀리듯 싸움을 계속하지만 싸움에서 의미를 찾지 못하고, 그 싸움 역시 세계의 파국을 맞이하는 것으로 끝을 맺는다. 싸움을 통해 의미를 획득하는 기왕의 소년만화와는 반대의 위치에 놓인, 안티-성장 서사라고 해도 좋으리라.

우노 츠네히로는 이카리 신지를 버블 붕괴 이후 불황의 장기화와 사회의 불신에 기인한 일본의 사회 문제인 '히키코모리'를 표상하는 캐릭터로 해석하는데, 적절한 해석이라고 생각한다. 이카리 신지를 괴롭히는 것은 지구 밖에서 쳐들어오는 인류의 적이 아니라 아무도 자신을 사랑하지 않으며 이해하지 않는다는 사실이며, 그 까닭을 도무지 이해할 수 없다는 사실이다. 그것이 이카리 신지의 잘못은 아니다. 그는 그저 아무것도 말해주지 않는 어른들에게 둘러싸여 겁을 먹었을 뿐이다. 그러나 바로 그 이유로 그는 아무것도 이해할 수 없고, 그러므로 결코 성장하지 못한다.

아무튼 다시 여름으로 돌아온다면, 영원한 여름이란 그런 것이다. 영원한 청춘이나 영원한 생명력이면서 성장 불가능의 세계이며 죽음의 세계인 것. 이 여름의 이미지에 영향을 짙게 받은 내게 여름이란 청춘이면서 파국을 품고 있는 것이고, 무한하고 영원한 것이면서 이미 끝나버린 무엇이기도 하다. 바글거리는 생명력과 속절없는 무력감을 동시에 느끼게 한다고 해야 할까. 내게 강렬하게 남아 있는 여름의 이미지 가운데 하나는 〈신세기 에반게리온〉에서 자주 그리던, 쨍한 여름 하늘 아래 늘어선 나무들과 전신주들, 그리고 교복 상의를 바지에 넣고 아지랑이가 피어오르는 포장도로를 걷는 이카리 신지의 모습이다.

여름의 루프

내가 좋아하는 여름 이야기가 하나 더 있다. 라이트노벨 원작의 애니메이션 〈스즈미야 하루히〉 시리즈의 작은 에피

소드인 '엔들리스 에이트'다. 이 시리즈의 주인공인 스즈미야 하루히는 세계의 신이자 기원에 해당하는 존재이지만 자신에게 그러한 힘이 있다는 사실을 모른다. 그렇기에 무의식중에 세계를 위태롭게 하는 사건을 일으키고는 하는데, 그것을 '쿈'을 중심으로 한 여러 친구들이 함께 해결해 나간다는 것이 이야기의 기본 얼개다. 미성년의 억압된 욕망이 세계의 위기와 연결된다는 점에서 〈신세기 에반게리온〉으로 대표되는 기왕의 '세카이계' 서사와 맞닿는 부분이 있다고 할 수 있겠다. 다만 차이점이라면 모든 것이 예외적 비일상으로 그려지는 〈신세기 에반게리온〉과 달리 하루히의 이야기에서는 일상과 비일상이 교차하며, 비일상적 존재인 하루히는 자신의 비일상성을 모르는 채로, 일상을 지루하게 여긴다는 점이리라.

그 이야기들 가운데 내가 가장 좋아하는 것이 '엔들리스 에이트'다. 이름 그대로 끝나지 않는 팔월에 대한 이야기로, 여름방학이 끝나는 것에 아쉬움을 느낀 하루히가 무의식중에 여름을 무한히 반복시켜버리는 것이 그 내용이다. 하루히가 느낀 아쉬움이란 아직 한 번도 친구들과 함께 방학 숙제를 해본 적이 없었다는 것. 결국 일만오천 번을 넘는 반복 끝에 세계의 이상을 알아차린 '콘'이 모두와 함께 방학 숙제를 하자고 제안하는 것으로 이야기는 끝을 맺는다. 이야기 자체는 다소 전형적인 '루프물'(서브컬처에서 주로 나타나는 서사 유형으로, 어떤 이유로 일정한 기간을 반복할 수 있게 된 주인공이 그 반복을 통해 목표를 이루거나 어려움을 극복할 방법을 찾아가는, '게임 오버'와 '재도전'이 설정된 게임 감각의 이야기)이지만, 작은 추억을 위해 세계를 멈춰버리는 이 이야기의 과격함을 나는 좋아했다. 여기에는 일상을 거부하고 성장을 지연시키며 차라리 세계를 중단(파괴)해버린다는 급격한 낙차에서 오는 뒤틀린 카타르시스 같은 것이 있다. 혹은 자기 파괴의 감각이라고 할 수도 있겠다. 사실 파괴되는 것은 세계가 아니라 자기일 뿐이니까. 신이 되어버린다는 것은 자신을 버린다는 이야기 아닌가.

생각할수록 아득한 이야기다. 일상이 이토록 무한히 반복된다면 그것을 일상이라고 불러도 좋은 것일까. 자신이 세계를 파괴했다는 자각조차 없이 세계를 파괴해버린 사람의 이야기라는 점이, 그리고 그 파국이 친구들과 보내는 좋은 시간에 대한 욕망에 기인했다는 점이 가슴 아프게 느껴진다. 하지만 전능한 어린 신이 영원히 반복되는 폐쇄된 여름을 만들어내는 이 이야기에는 그 슬픔과 더불어 모종의 퇴행성이 혼재하는 것처럼 보이기도 한다.

근래 나의 시 가운데도 이러한 '루프물'의 감각으로 쓰인 것들이 있다. 「재생력」이나 「사랑을 위한 되풀이」는 '엔들리스 에이트'에서 그려진 여름의 루프를 인유한 것이고, 거기에 게임이나 영화 등 반복성을 특징으로 하는 매체를 결합한 것이다. 반복을 통해 더 나은 세계를 꿈꾸는 시이기도 하고, 동시에 그 반복이 은유하는 성장 불가능과 퇴행성에 대한 시이기도 하다.

신도 인간도 없이

의인醫人이 없는 병원 뜰이 넓다.
사람들의 영혼과 같이 개재된 푸름이 한가하다.
비인 유모차 한 대가 놓여졌다.
말을 잘 할 줄 모르는 하나님의 것일까.

버리고 간 것일까.

어디메도 없는 연인이 그립다.

창문이 열리어진 파아란 커튼들이

바람 한 점 없다.

오늘은 무슨 요일일까.

—「무슨 요일일까」

김종삼은 습작 시절 나에게 가장 큰 영향을 준 시인이다. 나는 그가 말과 행간을 다루는 방식으로부터 시의 언어란 어떠한 것이며 시쓰기란 무엇인지 배웠다. 그런데 그것은 그를 좋아하게 되고 나서의 일이고, 그를 처음 좋아하게 된 이유를 잘 생각해보면, 아마 나는 그가 그리는 여름 이미지를 좋아했던 것 같다. 그것이 매우 아름답고도 친숙하다고 생각했던 것 같다. 그리고 다시 생각해보면, 김종삼이 그리는 여름이 어쩐지 앞서 이야기한 여름들과 닮아있다는 생각이 든다. 절망과 푸름과 죽음과 신이 결합된 여름의 세계라는 점에서 말이다.

인용한 시는 파국 이후의 풍경을 그리는 것처럼 보인다.

신은 인간과 단절되었고, 세계 그 자체인 병원에는 의사도 없고 아이도 없으며 여기저기 널려있는 푸름은 사람들의 영혼과 같다. 인간이 사라진 폐허의 모습이고, 어쩌면 인류가 끝난 이후 어느 날의 모습일 수도 있겠다. 그런 어느 여름날의 모습. 이 시에서 직접 여름이라는 계절이 지시된 것은 아니지만, 나는 그가 여름 시를 썼다고 생각한다. 텅 비어 있는 세계와 무성한 푸름의 대비를 그린다면 여름이 가장 효과적인 계절이니 말이다. 신성과 폐허가 결합한 여름의 세계가 그의 마음속에 있다고 생각한다. 그의 초기 대표작「원정」또한 여름을 배경으로 한다는 점을 생각해본다면 더욱 그렇다.

몇 개쩨를 집어 보아도 놓였던 자리가
썩어 있지 않으면 벌레가 먹고 있었다.
그렇지 않은 것도 집기만 하면 썩어 갔다.

거기를 지킨다는 사람이 들어와
내가 하려던 말을 빼앗듯이 말했다.

당신 아닌 사람이 집으면 그럴 리가 없다고—.

  여기서도 여름과 신이 결합된다. 이 시는 분명하게 여름
을 지시하고(사과나무(평과)는 농약을 6월부터 8월까지 가
장 많이 친다는 데 미루어 짐작할 수 있다. "평과 나무 소독
이 있어/모기 새끼가 드물다는 몇 날 후인/어느 날이 되었
다.") 원죄 모티프와 유리 온실이 있는 언덕의 이미지 등은
기독교적 신성에 대한 의식을 강하게 드러낸다. 신과 여름,
인간의 무력함이 결합하는 이 세계는 지금까지 이야기한
여름의 이미지들과 비슷하다. 내가 김종삼의 시에서 좋아
했던 것은 시간이 사라져버리는 것만 같은 어떤 초월성이
었고, 그 무시간성을 품고 있는 여름의 이미지들이었고, 그
안에서 자기혐오 짙은 죄의식을 느끼는 김종삼의 자기의식
이었다. 김종삼은 죄의식과 수치심의 시인이고, 그 죄의식
과 자기의식이 앞서 이야기한 서브컬처 서사들과의 차이점
일 것이다. 그러나 내가 김종삼을 사랑했던 까닭도, 그리고
예전과 같이 사랑할 수는 없는 까닭도 그 죄의식과 자기 고
백 때문이었다. 그 죄의식과 자기 고백은 너무 아름답고 너
무 숭고하며 너무 문학적이었다는 생각이 들기 시작한 것

이다. 저 신적인 것의 현현은 어쩌면 도피 같은 것이 아닐까. 인간을 지워버리는 일, 관계를 그만두는 일, 신적인 것을 발견하거나 자기도 모르게 신이 되어버리는 일을 문학이 계속해도 좋은 것일까. 김종삼의 죄의식은 어쩌면 그러한 고민에서 오는 것은 아니었을까.

여름으로 가는 문은 닫혀 있지만

김종삼이 시의 언어에 있어 모범을 보여준 작가였다면, 존 치버는 시의 기법적 측면에서 많은 영향을 준 작가이다. 나는 그의 뛰어난 단편소설들이 결정적 장면에 이르러 작품이 쌓아올린 여러 의미를 충돌시키며 폭발시키는 모습으로부터 시적 에너지를 분출하는 법을 배웠다. 내게 서구의, 특히 영미의 소설은 어떤 에피파니의 순간을 발견 및 연출해내는 것이었다. 나는 바로 그 이유로 영미 소설을 특히 좋아했고, 존 치버는 내가 아는 가운데 그것을 가장 잘 해내는 작가였다. 그의 단편에서 인물은 결정적인 몰락을 맞이하고, 그 결정적인 몰락이 오히려 어떤 초월성과 영원성을 도출해낸다. 때로 그것은 신성해 보이기까지 했다. 어떤 의미에서는 그 영원과 신성을 통해 일종의 구원이 가능해진다고도 말할 수 있을 것이다.

　존 치버는 여름의 모습을 잘 그리는 작가지만, 그중에서
도 특히 「돼지가 우물에 빠졌던 날」은 그의 가장 인상적인
여름 소설로 꼽힐 만하다. 여름이면 떨어져 살던 가족들이
별장에 모이고, 그중 누군가가 "돼지가 우물에 빠졌던 날 기
억나?"라고 물음을 던진다. 그러면 그들은 모두가 기억하는
그날의 일을 다시 이야기하며 그들의 가장 아름다웠던 시
절을 떠올리는 것이다. 생각해보면 조금 웃음이 나기도 하
지만, 그럼에도 모든 것이 풍요롭고 잘되어가고 있었던, 돼
지가 우물에 빠졌던 그날을 말이다. 그러나 시간은 흘러 불
황과 침체, 전쟁에 의한 불안 등이 이어졌고 그들의 삶도 변
하여 과거의 풍요로움과 반짝거림을 잃어버린다. 하지만
여전히 그들은 여름마다 별장에 모여 돼지가 우물에 빠졌
던 날을 떠올린다. 설령 이제 그날의 빛을 되찾을 수 없으리
라는 것을 알면서도 말이다.

　이 이야기 역시 여름을 일종의 불가능과 연결 짓는다. 생
각해보면 로버트 A. 하인리히의 『여름으로 가는 문』도, 여

름이 주된 배경은 아니지만, 아름다운 먼 곳으로 여름을 설정하고 있고, 그와 비슷한 제목을 가진 마츠다 세이코의 노래 〈夏の扉(나츠노토비라, 여름의 문)〉 역시 아직 오지 않은 사랑의 계절로 여름을 그리고 있다. 모두 내가 좋아하는 여름의 모습이지만, 나의 시에서 여름을 추억하는 시들이 비교적 많은 것은 존 치버의 영향이라 분명하게 말할 수 있다.

존 치버의 소설이 그리는 에피파니의 순간은 우리 삶의 진실을 비추고, 때로 그 진실의 빛은 일종의 구원처럼 보이기도 한다. 존 치버를 정말 사랑했을 때, 나는 정말 그것이 어떤 구원이 될 수 있을 것이라 믿기도 했다. 문학은 삶의 진실을 비추고, 우리의 남루함을 폭로하고, 그 남루함이 오히려 모종의 아름다움으로 승화되기도 한다. 그러나 그것이 구원은 아니다. 문학은 아무것도 구원하지 않는다. 존 치버도 그 사실을 잘 알고 있었다. 시쓰기를 계속하며, 상당히 뒤늦게 문학이 아무것도 구원하지 않는다는 사실을 깨닫고 난 뒤, 그의 마지막 소설인 『이 얼마나 천국 같은가』를 읽고는 약간 허탈한 기분이 들기도 했다. 거기서 그는 구원과 천국에 대한 깨달음을 노작가 특유의 괴팍한 방식으로 조소하고(약간의 긍정을 품은 채로) 있었던 것이다.

내가 시쓰기를 계속하며 알게 된 것은 문학은 구원의 과
정이 아니라는 것이었고, 구원은 문학의 밖에 있거나 어디
에도 없으며, 문학이 할 수 있는 일이란 그 구원을 향해 나
아갈 결심을 하도록 아주 조금 돕는 일에 불과하다는 것이
었다. 너무 당연한 이야기지만, 문학이 그릴 수 있는 이야기
란 결국 당연한 이야기거나 당연해야 할 이야기일 따름이
니까.

내 시가 러브크래프트인 줄 알았는데 〈케이온!〉이었던 건에 대하여

이 글은 결론에 도달하지 않고 여기서 멈춘다. 당초의 계
획은 여름의 이미지를 중심으로, 내가 좋아하며, 내게 영향
을 준 여러 텍스트에 대해 이야기하는 한편, 그 영향들에 비
추어 나 자신의 글쓰기가 처해 있는 한계와 어려움에 대해
말할 생각이었다. 결과적으로 그것은 내가 증오하는 나의
글쓰기에 대한 것이 될 예정이었다. 하지만 그렇게 하지 않
기로 했다. 나의 부족함과 멍청함을 내가 사랑하거나 사랑

했던 것들의 탓으로 돌리는 일도 이제는 그만둘 때가 되지 않았나 싶기 때문이다.

그런 이유로 이 글은 다소 엉성한 구성이 되어버렸는데, 이 정도의 엉거주춤함이 내가 지금 서 있는 자리이며, 내 역량이라는 생각이다. 내가 사랑하는 것은 결국 내가 미워하는 것이 되고, 내가 좋아하는 것은 나의 부끄러운 것들이 되어버렸다. 그 역 또한 자주 일어났다. 이 도착적인 글쓰기를 그만둔다면 대체 나에게 어떤 글쓰기가 가능할는지 모르겠다. 나에 대해 말하는 일은 가장 안전한 일이다. 윤리적인 것이라 말할 수는 없지만 덜 비윤리적인 일이라고는 말할 수도 있다. 그것이 나의 부끄러움이다. 나에게는 말할 만한 인생이 거의 없으므로, 나의 인생은 다른 이야기들을 보고 들으며 생각난 것을 옮겨 적는 일을 계속하는 것이었지만, 그것들을 모두 걷어내면 무엇이 남을까. 무슨 이야기가 남을까.

시의 화자에게 육체가 없다는 것이 어떤 시인들에게는 부끄러운 일로 여겨지기도 한다. 시인에게 육체가 있다는 것은 시의 큰 위협이다. 시에 대해 생각하는 사람이 시인이기 때문에, 시인은 관련이 희박하다. 시는 혼자 쓰는 것이라서 시가 딱하다. 요새 생각하는 것은 혼자라서 딱한 시를 어떻게든 다른 것들과 나란히 두는 일이다. 다른 것들과 함께하도록 하는 일이다. 시를 통해 하는 일일 수도 있고 시에게하는 일일 수도 있을 것이다.

그런데 일단 생각만 하고 혼자 지쳐서 그만두는 일을 그만둬야 한다. 생각만으로 혼자 만족하는 일을 그만둬야 한다. 생각만으로 지치거나 만족하는 일 말고 시가 할 수 있는일은 또 무엇일까. 이 글은 여기까지만 쓰고 나는 일단 나가야겠다. 여름날의 거리가 밖에 있다.

7

월

12

일

시

생각 멈추기

비둘기가 고개를 끄덕이며 걷는다 바쁘게 걷는다 이건
보도 위를 비둘기가 지나가는 것을 보며 한 생각이고

보라색 꽃이 달리면 비비추
흰 꽃이 달리면 옥잠화

그건 여름날의 풍경이네

아주 차가운 맥주
지금이 이번 여름 가장 즐거운 시간이라고 믿는 사람의
얼굴

그 사람도 아마 무슨 생각이 있었겠지요

돌아오지 않는 여름날을 떠올리며 말하는 사람

샤워를 하다 천장에 금이 가 있는 것을 발견했다
혼자 있을 때는 누가 나를 부르나 싶어 뒤를 돌아보았고

생각은 비둘기처럼 바쁘게 걷고 있었다

7

월

13

일

에세이

공작 바라보기

얼마 전 친구의 농장에 놀러 갔다. 블루베리 농장이면서 동시에 농장 체험을 제공하는 공간이기도 한 그곳에서는 토끼나 꿩을 비롯한 동물도 많이 기르고 있었다. 그리고 그 가운데 공작이 꼬리를 활짝 펼치고 있었다. 예상치 못한 조우에 잠깐 당황하며 한참 공작을 쳐다봤다. 그러거나 말거나 공작은 꼬리를 펼친 채였고.

공작을 좋아한다. 아니, 딱히 공작을 좋아하는 것은 아니다. 새를 원래 좋아하는 것도 아니고, 굳이 말하자면 새를 무서워하는 쪽에 가깝다. 감정이 없어서 거의 광물처럼 보이기까지 하는 새의 얼굴에 낯섦과 두려움을 함께 느끼게 되는 것이다. 공작새 역시 솔직히 조금은 무섭다. 그런데도 나는 공작을 바라보는 일을 아주 좋아한다. 어째서일까.

어린 시절, 동물원에 가는 것을 아주 좋아했다. 기린이나 코끼리, 사자나 호랑이를 보는 것도 좋아했지만 어째서인지 정신없이 한참을 들여다보게 되는 것은 공작, 그중에서도 수공작이었다. 고개를 끄덕거리며 앞으로 걷다 갑자기 꼬리를 활짝 펴고 느린 속도로 한 바퀴를 도는 공작을 보고 있으면 웃음이 비실비실 흘러나오다가도, 그 모습이 너무 아름답게 느껴진다. 생물의 것이라고는 믿을 수 없는, 사치스러워 보이기까지 하는 그 청색과 녹색의 빛깔들을 보며, 그리고 그 만개한 꼬리에 박혀 있는 기묘한 눈 모양을 보며, 어떤 비현실성을 느끼게 되고야 만다. 흰 공작은 특히 더 그렇다. 흰 공작은 그 순정한 백색과 화려한 꼬리의 구조가 어우러져 거의 초월적인 느낌을 주니까. 예전에 함께 흰 공작을 보던 친구가 "사람들은 저런 걸 보고 신이라고 했겠지" 말한 적이 있었는데, 그때 나는 정말로 그 말이 맞다고 생각했다. 나무 위에 올라앉은 흰 공작을 본다면 누구라도 신성을 떠올리지 않을 수 없으리라.

공작을 바라보는 일을 좋아한다. 생물을 바라보는 일이라면 무엇이든 좋아하는 편이지만, 공작은 생물을 넘어서는 무엇을 보는 것만 같으니까. 물화된 신성, 생명을 얻은 사치스러움, 그런 세속과 신성을 오가는 이상한 매력이 공작에게는 있는 것이다.

7

월

14

일

에세이

언제나 시에는 현관이 있고

어째선지 나의 시에는 부엌과 거실이 자주 등장한다. 의식적으로 그렇게 쓰려던 것은 아닌데, 자꾸 부엌과 거실에 대해 쓰게 된다. 부엌과 거실은 시로 다루기 좋은 공간 가운데 하나인데, 아마 부엌도 거실도 운동과 정지가 연달아 이뤄지는 공간이기 때문일 것이다. 부엌과 거실은 실내의 다른 모든 곳을 향해 열려 있으면서도 그 자체로 하나의 뚜렷한 성격을 갖는다. 생활을 지속해나가는 공간이면서 동시에 공간 자체가 이상한 정물처럼 느껴지도록 구성되어 있다. 게다가 그 자체의 개방성 때문에 어떤 상황과 관계를 담고 있더라도 잠시 후 그 성격이 파기되고 갱신된다. 이를테면 어떤 시가 거실에 한 사람이 앉아 있는 장면으로 시작한다면, 그 사람은 결국 거실을 떠나거나 다른 한 사람이 거실에 새롭게 들어올 수밖에 없다. 다른 이유는 없다. 그게 거실이니까. 부엌도 마찬가지다. 고정된 생활의 공간이면서 자꾸 운동이 발생하는 공간이랄까. 연극이 실내에서 벌어지는 일을 다룰 때 주로 거실이나 부엌을 배경으로 하는 것도 아마 이런 까닭일 것이다.

현관을 떠올리다 부엌이니 거실이니 애먼 소리를 하고 말았다. 하지만 현관에 대해 말하려면 우선 부엌과 거실에 대해 말하지 않으면 안 되는 것이다. 부엌이나 거실이 가정의 어떤 공간보다 시쓰기에 용이한 까닭은 그것이 현관과 이어지는 공간이기 때문이다. 현관을 통해 집에 들어서면 가장 먼저 거실과 부엌이 보이고, 거실과 부엌에 있으면 자꾸 현관이 눈에 들어온다. 다시 말하면 현관의 존재가 부엌과 거실에 개방성을 부여한다. 뭐 지극히 가정집에 한정되는 이야기이기는 하지만. 어쨌든 거실과 부엌이 만들어내는 시적 긴장의 핵심은 현관에 있다고 생각한다.

　　누군가 문을 두드렸기에 나는 문을 열었다
　　문밖에는 아무도 없었다
　　문의 안쪽에는 나와 기원이 있었다

나는 기원을 바라보며 혹시 무언가 잘못된 것이 있는지 물
었다

　·기원은 내게 잘못된 일은 없다고 말해주었다

　그렇다면 다행이다

　나는 그렇게 생각하며 올 여름의 아름다운 일들을 생각했다

　아무런 일도 생각나지 않았다

　뜨거운 빛이 열린 문을 통해 들어오고 있었다

　무더운 여름이었다

—「개종」

　위의 인용은 졸시 가운데 하나로, 더운 여름날, 어두운 실
내에서 현관을 통해 쏟아지던 빛에 대해 다루고 있다. 현관
은 실내와 실외를, 내밀한 것과 개방적인 것을, 휴식과 노동
을 나눈다. 현관에서 우리는 매일 모종의 감정적 낙차를 느
낀다. 이를테면 뜨거운 여름날, 밖에서 더위에 시달리다 현
관에 섰을 때 느끼는 서늘함과 안도감이나, 바쁜 일과가 끝
나고 겨우 집에 돌아왔을 때 현관문을 열고 들어오자마자
갑자기 느껴지는 노곤함 같은 것들 말이다. 나는 이런 격차
를 언제나 흥미롭게 생각해왔다. 운동의 방향이 전환될 때,

순간 힘이 0이 되는 것처럼, 그런 기묘한 진공상태가 현관에는 있는 것이다. 긴장 상태가 항구적으로 지속되는 공간이자 그 긴장이 감춰진 공간이라고 할까.

사실 이 현관이라는 것이야말로 시의 속성 그 자체를 보여주는 공간이라 할 수 있다. 현관은 어딘가로 나아가는 곳이면서 동시에 그 나아감을 위해 잠시 머무는 곳이니까. 시 또한 그렇다. 시는 확정된 장소라기보다는 장소를 오가는 관문에 가깝고, 항상 다른 곳을 향해 도약하려는 성질을 갖고 있다. 그러니 모든 시는 다 현관이라고 할 수 있다. 모든 시에는 다 현관이 있다고도 할 수 있을 것이다.

무엇보다 현관이 가진 가장 시적인 특징은 그것이 지극히 무의식적인 공간이라는 데 있다. 우리가 외출하거나 귀가할 때 무심코 현관을 통과해버리는 것처럼, 시에서 나타나는 도약의 순간도 언제나 그렇게 무심코 찾아오는 것이다.

7

월

15

일

시

어깨에 기대어 잠든 이의 머리를 밀어내지 못함

수학여행의 밤, 아이들은 이불을 펴고 누운 채로 잠들지
않는다 어둠 속에서 아이들의 목소리가 공중을 떠돈다

예전에 여기에서 선배가 죽었대
아니야 죽은 게 아니라 자퇴를 한 거래
여기 주인이 교장이랑 친구래 그래서 매년 여기로 온대

아이들은 흐린 어둠을 보고 있다 얼굴이 보이지 않으니
더욱 진실한 고백을 할 수 있을 것 같다 그러나 아무도 고백
을 하지는 않고 말들만 떠도는 수학여행의 밤

옆 반 반장이 혼자 우는데 걔네 담임이 안아줬대
매점 아줌마가 원래 이 학교 졸업생이래

아니야 죽은 딸이 여기 학생이었대 그래서 온 거래

저 모든 일이 진실인지 알 수 없지만 어두운 곳에서 작게 속삭인다면, 그것이 고백의 형식을 갖춘다면 그것은 더욱 진실처럼 들리고…… 그렇게 생각하는 아이의 손가락이 옆에 누운 아이의 손가락에 닿아 있다 실수로 그런 것처럼

7

월

16

일

시

비밀은 없다

새를 연구하러 왔어요
마음을 정리하러 왔어요

비는 그칠 줄 모르고, 인생 사진을 찍기 좋은 관광지라고
했는데 보이는 것은 어둡고 시커먼 풍경뿐 사람들은 할 수
있는 일이 없어 이야기를 시작한 것이다

처음 보는 사람들끼리 맞아요 좋아요
그런 이야기를 나누며

이 고장이 자신의 두번째 고향이라고, 이곳에서 새 삶을
시작했다고 누구는 그런 말을 하고, 때를 잘 맞춰 오면 온통
유채꽃 노란빛이에요, 거의 이 세상 같지가 않아요, 또 누구

는 그런 말을 하는데

비는 그칠 줄을 모르고

사람을 죽이러 왔어요
그 말을 할 수는 없는데

어쩌나 비가 너무 내려서 길이 지워지기 시작했는데

7
월
17
일

에세이

법 앞에서

내 유년의 가장 강렬했던 두 기억. 다섯 살 무렵의 일이었을 것이다. 내 기억이 정확하다면 내가 살던 곳은 서초동의 법원 아래로 이어지는 언덕길에 늘어선 허름한 집 가운데 한 곳으로, 거기서 부모님과 조부모님, 그리고 남동생과 함께 지냈다. 그때의 일은 거의 기억나지 않는다. 나는 기억력이 나쁜 편이고, 어릴 적의 일은 거의 기억하지 못하며 그나마 기억나는 것도 가족 앨범 등을 보며 사후에 다시 구성된 것이 아닌가 싶은 것들이 대부분이지만 그럼에도 강렬하게 내 기억에 자리잡아 아직도 나를 지배하는 몇 이미지가 있는데, 다섯 살 적의 어떤 기억들은 그중에서도 거의 최초의 것에 속한다. 그리고 그것들은 서울에 대한 최초의 기억이기도 하다.

가장 선명하게 기억나는 것은 아침마다 쥐를 잡던 기억이다. 할머니는 아침이 되면 밤새 놓은 쥐덫에 쥐가 잡혀 있는지 확인했다. 덫이 비어 있는 날은 거의 없었다. 세상엔 쥐가 믿을 수 없을 만큼 많았고 아침마다 쥐를 잡아도 쥐는 조금도 줄지 않았다. 나의 아침은 쥐덫에 갇힌 쥐가 우는 소리를 듣는 것으로 시작되는 셈이었다. 할머니는 쥐가 잡힌 쥐덫을 그대로 물을 가득 담은 고무 동이에 빠뜨렸다. 그러면 더이상 쥐 울음소리는 들리지 않았다. 나는 할머니가 자리를 비운 동안 물속을 가만 들여다보기도 했다. 그러면 흔들리는 수면 너머 움직이지 않는 검은 덩어리가 보였다. 당시의 내가 죽음을 제대로 이해하고 있었는지는 기억하지 못한다. 그러나 그것을 보며 느꼈던 꺼림칙함만은 제대로 기억하고 있다. 죽음을 처음 마주했을 때, 그것은 도무지 이해할 수 없으면서도 그 불가해함이 나를 더욱 알 수 없는 두려움에 빠뜨리는 무엇인가였다. 매일 그 알 수 없는 것을 마주하곤 하였다. 다섯 살 때의 그 아침들은 죽음에 대한 나의 첫 기억이었고, 동시에 매일 계속되는 사건이었다. 그리고 자주 궁금했다. 물에서 그것을 건져올린 뒤 할머니는 그걸 어떻게 하셨던가? 죽음은 어떻게 처리되는가? 죽음 이후에는 무엇이 있는가? 그것들은 지금까지 알 수 없는 일로 남아 있다.

또다른 기억. 다섯 살 무렵의 나에게는 별다른 친구가 없었고 많은 시간을 동생과 보냈으며 그보다 더 많은 시간을 혼자서 보냈다. 고독에 익숙해진 것은 아니었다. 혼자서 언덕길을 걷곤 했다. 흙바닥에 섞인 작고 반짝이는 유릿조각, 누군가 흘리고 간 구슬, 땅에 고인 물웅덩이 따위를 한참 보곤 하였다. 손가락을 살짝 내밀어 만져보았던 기억이 난다. 그것들이 손에 닿았을 때 무슨 생각을 했는지는 기억나지 않는다. 아마 아무 생각도 하지 않았을 것이다. 그렇게 아무 생각도 하지 않고 아무런 일도 하지 않으며 시간을 보냈다. 걷다가 언덕을 오르다보면 어마어마하게 커다란 건물이 보였다. 그것은 흰 법원이었다. 새하얀 법원은 높은 곳에서 나를 내려다보고 있는 것 같았다. 작고 작은 나는 그 앞에서 더욱 작아지는 기분이 들었다. 그 동네에 살면서도 그 법원이 서 있는 곳까지 걸어간 적은 없다. 그 이상 가까이 가면 안 된다는 생각을 했던 것이다. 어머니는 그 건물을 법원이라고 부른다고 내게 알려주며 엄한 표정으로 말

씁하곤 했다. 저곳은 나쁜 사람들이 가는 곳이라고. 죄를 지으면 저 앞에 서 있어야만 한다고. 나쁜 사람이 되는 일이 두렵게 여겨졌던 것은 그 이후의 일이었다. 그런데도 언덕을 오르내리는 흰 경찰차들을 보며 나는 자주 몸을 움츠렸다.

이것들은 나의 최초의 기억으로 여전히 나에게 상당히 깊게 각인되어 있다. 그것을 잊지 않은 채로 나는 자라 어느 순간엔가 시인이 되었고, 어느 날엔가 한 편의 시를 썼다. 「법원」이라는 시였다. 앞서 언급한 기억들을 다시 시로 정리해낸 것으로, 나의 어린 시절을 정리하는 일이기도 했다. 죄라는 것은 무엇일까. 죄책감이라는 것은 또 무엇일까. 나의 최초의 기억은 죄와 죄책감에 관한 것이었고, 그것은 지금까지 내 문학의 근간을 이루고 있다.

7
월
18
일

시

인생 사진

횡단보도 불이 깜박거려 급하게 길을 건넜는데 돌아보니 도로 위에 내가 누워 있었고 누운 것이 몸인지 영혼인지는 알 수 없었네

일이 급해 도로를 뒤로하고 바삐 떠났네 저녁에 돌아오니 텅 빈 도로만 보였네 사람도 차도 나를 두고 다 어디로 가버렸네 아름다운 소리가 어디선가 들려왔는데 그 또한 영문을 알 수는 없었네

증명사진을 제출하셔야 한다고 해서 사진관에 갔네 옛날 사람들은 사진을 찍으면 거기 영혼이 담긴다고 믿었으나 찍힌 것은 아무것도 없었네 그런데도 플래시가 자꾸 터지고 너무 눈이 부셔서 눈물이 자꾸 흘렀네

나무에 앉은 새들은 조용히 잠들어 있네 아무리 다가가
도 깨지를 않았네 죽은 것처럼 너무 좋아서 깨기 싫은 꿈을
꾸는 것처럼 텅 빈 스튜디오가 찍힌 사진 하나를 손에 쥐고
걸었네 사람들은 이런 것을 인생이라고 불렀네

7

월

19

일

에세이

문학 공동체의 선

— 시는 소비되어야 하는가, 시는 소비될 수 있는가,
  몇 가지 장면들을 중심으로 하는 결론 없는 메모들

장면 1

작가나 편집자를 비롯한 문학출판 관계자를 만나면 이런
식의 이야기를 하고는 한다. "요새는 어딜 가나 유튜브던데
요"라거나 "우리도 유튜브 해야 하는 거 아니에요?" 같은 말
들. 때로는 이런 말들도 한다. "저는 영상으로 정보를 얻는
게 익숙해지지가 않더라구요"라거나 "글로 볼 때는 오 분이
면 읽을 정보를 영상으로 십오 분, 이십 분 걸려서 얻는 게
너무 시간이 아깝지 않아요?" 등등.

저런 말들에는 우리가 지금 시대에 다소 뒤떨어져 있다
는 겸연쩍음이 조금, 그 시대착오성에서 드러나는 활자 중
독자로서의 자부심이 조금 혼재되어 있다. 그러나 결국 이
야기는 이런 식으로 귀결된다.

"아, 유튜브 하긴 해야 하는데……"

그리고 잠깐의 침묵과 멋쩍은 웃음. 화제는 다른 곳으로 넘어간다. 이렇게 말을 하지만, 나 역시 유튜브를 자주 이용하고 유튜브에서 정보를 자주 얻는다. 내가 관심 있는 IT 분야의 정보는 이제 포털이나 커뮤니티보다 유튜브의 준전문가들이 더 받아들이기 좋은 형태로 전달해주기 때문이다. 플랫폼의 막대한 규모가 양질의 정보를 만들어내고 있는 것이다.

그런데 유튜브에서 양질의 한국문학 정보를 찾기는 불가능하다. 문학을 주제로 하는 채널은 많이 늘었지만 영상 매체의 성격상 가벼운 정보 위주의 콘텐츠만이 겨우 가능할 따름이다. 유튜브 시대의 문학이라는 것이 어떻게 가능할는지 다들 고민을 해보지만 뚜렷한 생각을 가진 사람은 없다.

장면 2

"와, 시인 처음 봤어요."

처음 만나는 사람에게 자주 듣는 말이다. 요새는 시인들이 너무 많아져서 홍대나 망원동 일대를 돌아다니면 세상의 절반 정도는 시인이 아닌가 싶어진다. 이전 세대의 시인들은 인사동에서 '여어, 김 시인' 하고 외치면 행인 중 절반이 뒤를 돌아본다는 농담을 할 정도긴 했지만, 그런데도 여전히 시인을 처음 보는 사람들이 있다는 것이 오히려 놀라울 지경이지만, 아무튼 저 말에 담긴 미묘한 뉘앙스가 때로 불편하게 느껴진다. 대체로 저 말 뒤에 따르는 말은 이런 것이기 때문이다.

"너무 젊으시네요. 시인은 교과서에만 봤는데!"

장면 3

"문예창작과 신입생 중 절반 정도는 문학보다는 다른 걸하고 싶어한다고 하더라고요."

"영화요?"

"아니, 방송이요. 나머지 반 이하가 소설을 쓰고 싶어하거나 하는데, 그중에서도 웹소설이나 장르소설 쓰고 싶은 친구들이 적지 않고, 순문학 하고 싶은 사람은 정말 한줌도 안 돼요."

"시는요?"

"시는 한 학년에 너댓 명? 졸업할 때쯤엔 일고여덟 정도로 늘어요."

"왜요?"

"짧아서 졸업 작품 쓰기가 더 쉽잖아요."

장면 4

이 이야기들은 모두 시가 상당히 낡고 시대착오적인 인상을 주는 것임을 암시한다. 그런데 이 이야기들은 시가 낡은 미디어라기보다는 시가 돈이 되지 않는다는 데 방점이 찍혀 있는 것처럼 보이기도 한다. 시의 낡음이란 시의 경제적 가치 없음을 가리킨다는 말일까?

몇 년 전에는 모교에서 고교생들을 대상으로 하는 진학상담회가 열려 거기 상담자로 참여한 적이 있다. 문예창작학과에 가면 어떤 진로를 선택하게 되는지에 대해 알려주는 자리였다. 사실 문예창작학과의 진로라고 해봐야, 뭐 마땅한 것이 정해져 있는 것도 아니다. 출판 관련한 일을 하거나, 출판과 전혀 무관한 일을 하거나. 사실 작가로서 사는 것 외에는 별다른 일을 해보지도 않은 내가 진로 상담을 하는 것이 가당키나 한 일인가 싶지만, 어쨌든 나는 최대한의 성의를 담아 학생들의 질문을 받았다.

"문창과 졸업하면 뭐 해요?"

"운 좋게 등단을 한다면 작가가 돼요. 아니면 문학에 대한 소양을 익혀서 출판사에 들어가는 경우도 있어요. 무슨 일을 하든 글을 다룰 줄 안다는 것은 매우 큰 도움이 되거든요. 문창과 출신들은 어디서든 일을 잘 하더라구요(딱히 전공과 연계되는 진로가 없다는 뜻)."

"(약간 못마땅해하며) 작가가 되면 책을 팔아서 돈 벌어요?"

"아뇨. 책을 팔아 돈을 버는 작가는 한줌도 안 돼요. 다른 일들로 돈을 벌죠."

(이윽고 얼마 되지도 않던 학생들이 다 떠나간다.)

사람들은 문학을 싫어하는 것이 아니라, 문학이 돈이 되지 않는다는 사실을 싫어하는 것 같다.

장면 5

그런데도 사람들은 작가라는 존재에 대해 약간의 낭만을 품고 있다. 문학은 별로 안 좋아하면서 작가라는 존재에 낭만을 품는 것은 또 무슨 일일까. 그 낭만이란 작가가 돈도 안 되는 일을 하는 희소한 존재라는 사실에서 비롯되는 것일 테지만, 한편으로는 사람들이 작가라는 직업군에 어떤 기대를 품고 있기 때문이라는 생각도 든다.

가라타니 고진은 그의 저서 『근대문학의 종언』에서 현대문학의 성장이 국가 개념의 출현과 출판 기술의 발달과 맞물림을 지적하며, 근대적 국가가 성립하기 위해 요구되는 모종의 소속감과 일체감을 구성하기 위하여, 문학이 가상의 공동체인 '민족'을 문화적·감성적·윤리적으로 묶어주는 역할을 했노라 이야기한다. 일본의 경우에는 메이지유신을 거치며 근대 국가로서의 빠른 발전을 위해 이 문화적·감성적·윤리적 매개로서 문학을 적극적으로 지원했고, '국민 작가' 나츠메 소세키는 그렇게 탄생했다는 것이 가라타니의 설명이다. 작가라는 존재에 대해 품게 되는 어떤 기대에는 이런 맥락 또한 있는 것이다.

한편 가라타니는 이러한 국가-지역-민족으로 이루어진 기존의 체제가 다국적 자본을 중심으로 하는 신자유주의 체제로 이행해감에 따라 국가 개념이 희박해졌으며, 문학에 주어진 윤리적 책임과 권위가 이전과는 달라졌노라 지적한다. 문학은 이제 엔터테인먼트가 되었고 그런 의미에서 기왕의 '근대문학'은 종언을 맞았다는 것이다. 가라타니의 이 논의 자체는 이십여 년 전에 나왔고, 그간 이와 관련하여 여러 후속 논의와 비판이 있었으며, 근대문학이라는 개념이 종언을 맞은 것인지에 대해서는 다시 생각해볼 여지가 있을 것이다. 프랜시스 후쿠야마도 역사의 종언을 철회한 마당이니 아차 하는 사이에 근대문학이 복귀해버리는 것은 아닐까 싶기도 하다.

어느 자리에서는 이런 말을 듣기도 했다.

"이런 때야말로 문학이 다시 예전의 역할로 돌아가야 할 때입니다."

때는 2010년대 초반이었고, 국가가 신자유주의의 화신이 된 것이 아닌가 싶은 일들이 도처에서 벌어지던 시기였다. 작가들 역시 그에 호응하여 여러 행동을 하기도 했는데, 저 말을 들은 것은 그때의 일이었다. 나는 다소 당황을 했다. 문학이 갖고 있던 사회적 기대와 그 역할에 대해 나와는 다른 경험을 가진 선배 작가였으니 저런 말이 나온 것이었을 테지만, 문학이 예전의 역할로 돌아간다는 말 자체에 저항감을 느꼈던 것이다.

문학이 예전의 역할을 하기 위해서는 우리의 삶이 예전과 같아야만 할 터인데, 그렇다면 우리의 삶을 과거로 돌리자는 말인가? 20세기로 다시? 왜?

하지만 저 말에는 문학이 과거 수행했던 사회에 대한 역할이 지금 다시 필요하다는 생각이 어느 정도는 섞여 있기에, 저 생각 전체를 모두 부정할 수는 없었다. 그렇다면 대체 문학은 무엇을 할 수 있을까. 21세기에 문학은 무엇을 할 수 있을까?

장면 6

"낭독 장인이시잖아요."

"제가요?"

"시인님 낭독하는 거 다들 엄청 좋아해요. 팬들도 많잖
아요."

"제가요?"

"이번 행사는 아무 걱정 없어요. 말씀을 워낙에 잘하시
니까."

"제가요?"

2010년대 이후 한국문학에서 일어난 가장 흥미로운 현
상 가운데 하나로 낭독회의 흥행을 꼽을 수 있겠다. 독자와
작가의 사이가 매우 가까워졌으며, 단문 위주의 SNS에서도
시가 많이 소비되고 있다. 나 역시 낭독회 등의 행사에 자주
참여하고는 하지만, 사실 매 행사마다 사십에서 오십여 명
의 사람들이 돈을 내고 낭독을 들으러 온다는 것이 아직도
어색하고 신기하다. 내가 습작을 하고 공부를 하던 시기에
는 그런 자리가 있지도 않았으니 말이다. 하지만 매달 어딘
가에서는 크고 작은 낭독회가 열리고, 나 역시도 그런 행사

가 매우 익숙하고 어렵지 않게 되었다(낭독 장인이라 놀림당하게 된 원인).

이런 현상에는 여러 원인이 작용했을 것이다. 가장 큰 이유로 문학의 엔터테인먼트화를 들 수 있다. 일단 낭독회의 경우 출판사에서 신간을 발간했을 때 가장 용이한 마케팅 방법이며, SNS를 통해 즉각적인 반응과 소통이 가능한 홍보를 할 수 있다는 점 때문에 이 낭독회의 형태가 정착한 것이 아닌가 싶다.

한편으로는 낭독회가 어느 정도 자리를 잡을 즈음 독립서점이 늘어나기 시작했고, 독립서점이 표상하고 있는, 일종의 섬세한 취향의 소비 경향이 대두하기 시작했다. 사실 지금 몇 번이고 문학의 엔터테인먼트화에 대해 이야기했지만, 사실 문학은 엔터테인먼트로서는 경쟁력이 떨어지는 양식이다. 직관적인 이해가 어렵고 수용하는 데 상당한 시간과 에너지를 요구하며 영상과 SNS를 중심으로 하는 작금의 매체 흐름과는 다소 거리가 있기 때문이다. 하지만 오히려 바로 그 점이 '섬세한 취향의 소비'라는 최근의 경향과 잘 맞아떨어지게 된 것이라고도 할 수 있을 것이다. 이런 흐름에 따라 시는 낭독회, 독립 서점, 취향의 소비로 표상되는 일련의 생태계 속에서 작지만 분명한 자리를 확보하게 된 것이다.

그런데 이렇게까지 말하고 보면, 모든 것이 시장의 논리가 마련해주신 일인 것만 같다. 하지만 한 달에 한두 번 열리는 낭독회는 수익 모델이 아니며, 마케팅 효과 역시 사실 그렇게 크지 않은 편이고, 독립서점이 많은 돈을 버는 것도 아니다. 그러면 왜 낭독회를 하는 거지?

장면 7

"그냥 시 써도 돼요."

"……"

"어차피 부자 될 건 아니잖아요. 적당히 살면서 계속 시 쓸 수 있어요."

"……"

장면 8

낭독회란 딱히 돈이 되는 일은 아니지만, 딱히 돈이 드는 일이 아니기도 하다. 그리고 그 가벼움이 낭독회의 성격을 보다 유연하게 만드는 것일지도 모르겠다. 그리하여 낭독회는 때로 투쟁의 현장에서 열릴 수도 있다. 2010년 초, 처음 낭독자로 참여했던 '두리반 낭독회'가 그랬다. 대기업의 재개발에 밀려 삶의 터전을 잃어버리게 된 이들을 지키기 위해, 뮤지션과 작가들이 모여 공연과 낭독회를 이어나갔다. 그곳에서 낭독회는 지면의 언어를 현장으로 옮겨오는 자리가 되었다. 현장에서 시를 낭독함으로써 문학의 맥락을 적극적으로 다른 맥락에 겹쳐보는 것이다. 자본 앞에서 한없이 무력하기만 한 시가 자본의 폭력 앞에서 낭독된다면, 그때 시는 다른 곳에서 읽힐 때와는 다른 의미를 품을 수 있었다. 시 한 줄을 읽는 일이 누군가의 삶의 터전을 지키는 힘으로 직접 이어질 수는 없으나, 누군가의 삶의 터전을 지키기 위해 모인 사람들 앞에서 시를 함께 읽고 나누는 일은 작은 힘이 될 수도 있다는 것을 나는 그때 알았다. 그 후로도 여러 자리에서 낭독회가 이어졌다. 세월호의 비극을 기억하고, 그 이후의 삶을 함께 살아가고자 하는 '304 낭독회'는 2014년 9월부터 지금까지 매달 이어져오고 있다.

장면 9

대체 문학은 무엇을 할 수 있을까? 낭독회는 상품으로서의 문학이라는 논리와 일부 연결되어 있다. 또한 낭독회는 자본의 폭력에 저항하는 문학의 형식으로 기능하기도 한다. 문학이라는 것이 서 있는 이상한 자리는 그런 것이다. 시는 때로 혁명을 꿈꾸는 척하지만 그 시는 매대 위에 올라와 있다. 시는 상품이 되기 위해 열심히 애를 쓰지만 사실 그다지 경쟁력이 있는 상품은 아니다. 그런데도 문학 제도가 유지되고 출판사가 시집을 출간하고 판매는 이유는 문학이, 시가 갖는 어떤 역할에 대한 기대가 분명 존재하기 때문이다. 자본과 이리저리 뒤얽힌, 그러나 자본과는 잘 어울리지 않는 시가 처한 이 상황이 언제나 시인으로서의 나를 고통스럽게 한다. 문학은 무엇을 할 수 있을까?라는 질문은 사실 '나'는 무엇을 할 수 있을까?라는 질문을 피하기 위해 던진 것이나 다름없기 때문이다.

장면 10

　신문이나 잡지 등의 매체와 인터뷰를 할 때, "이런 시대에 시를 선택하게 된 이유가 무엇인가요?"라는 질문을 받는 경우가 있다. 그럴 때 할 수 있는 대답의 종류에는 몇 가지가 있다.

　"여전히 시만이 전달할 수 있는 것이 있어서요"라거나 "시를 통해서 가능해지는 어떤 감각의 공동체가 있어요" 등의 대답을 하곤 한다. 하지만 요새는 최대한의 정직함을 담아 이렇게 말하려고 하는 편이다. "저를 위해서 시를 써요. 다른 것들은 그다음에 따라오는 것 같아요."

7

월

20

일

시

괴물 이야기

　사람이 어떻게 그래 저쪽 테이블에서 누가 그렇게 말하
고 있다 바깥에는 비 멎은 거리의 낮고 무거운 소란스러움
이 펼쳐져 있었고

　조명이 어두워서
　사람의 얼굴이 잘 보이지 않는구나

　사람이 말을 하는데 뭐 하는 거냐고 그런 말도 하고 있었
다 한 사람은 일어나고 한 사람은 앉아 있고 또다른 사람은
비에 젖어 들어온다

　아무것도 기다리지 않으면서
　누군가를 기다리고 있구나

사람은 그런 것을 사랑이라고 믿는다 방금 떠나간 저 사람은 전생의 연인이었던 것 같다 음료를 받은 저 사람과는 가정을 이뤄 함께 늙을 수 있을 것 같다

　얼굴이 보이지 않는 사람이라면
　영원히 사랑할 수 있겠지

　사람을 뭐로 보는 거냐고 저쪽 테이블에서 누가 말하고 있다 안녕히 가시라고 어서 오시라고 누가 말하고 있다 거리의 모든 가게에 정전이 찾아왔고 혹시 저를 기다리신 것 아니냐고 누가 내게 말을 걸고 있었다

7

월

21

일

에세이

다시 태어난다 말할까

먼 옛날, 아이가 없는 노부부가 있었다. 그들은 서로를 아끼며 선량하게 잘 살았다. 그러던 어느 날, 나무를 하러 간 할아버지가 우연히 발견한 샘물에서 목을 축였는데, 그러자 젊은 시절의 모습으로 돌아가는 것이었다. 이에 놀란 할아버지는 할머니를 샘터로 데려가 샘물을 마시게 했고, 둘은 모두 젊은이가 되었다. 그 소문을 들은 옆집에 살던 욕심 많은 노인 또한 샘물에 찾아갔는데, 그는 욕심을 부려 아기가 되고 말았다. 젊어진 부부는 욕심 많은 노인이 보이지 않아 걱정되는 마음에 샘터를 찾아갔고, 거기서 혼자 울고 있는 아기를 발견하였다. 부부는 이를 하늘이 내려준 것이라 여겨 그 아이를 키우기로 하였다.

*

옛날이야기 「젊어지는 샘물」의 줄거리를 간단하게 정리해본 것이다. 「젊어지는 샘물」 이야기를 모르는 사람은 없겠지만 혹시 모르니까…… 아무튼 이건 내가 가장 좋아하는 옛날이야기 가운데 하나다. 젊음을 되찾는 이야기라는 점도 좋고, 욕심 많은 노인이 아기가 되어버리는 결말도 '샘물을 마시면 젊어진다'라는 이야기의 핵심 논리를 그대로 따른 것이라 명쾌한 구석이 있다.

그러나 내가 이 이야기를 좋아하는 이유는 저것이 악인에게 다시 기회를 주는 이야기이기 때문이다. 일반적으로 전래 동화를 비롯한 전통적 서사의 특징으로 권선징악을 꼽지 않던가. 「흥부전」에서 욕심 많은 놀부는 재산을 잃고, 「혹부리 영감」 이야기에서도 욕심 많은 노인은 혹을 잔뜩 달게 된다. 그리고 그들의 인생은 일종의 파국을 맞이하고야 마는 것이다. 오래된 이야기들은 주로 당대의 도덕을 반영하는 일종의 우화로 기능하는 경우가 많고, 그 도덕률을 어기는 자는 파국을 맞이하리라는 경고를 전하곤 한다.

그런데 「젊어지는 샘물」에서 욕심 많은 노인의 경우는 조금 다르다. 욕심 많은 노인에게는 새로운 인생을 살 기회가 주어진다. 그것도 선량한 부모의 밑에서 자라는 기회가 말이다. 그렇다면 이번의 새로운 인생에서는 욕심 많은 노인이 되지 않을 수도 있으리라. 그것이 내가 이 이야기를 특별하게 생각하는 까닭이다. 새로운 기회를 준다는 것, 다시 시작할 수 있다는 것, 그것은 분명 대부분의 옛이야기에서는 찾아보기 어려운 상상이기 때문이다. 오히려 한동안 웹소설에서 유행하던 '회빙환'(웹소설에서 유행하던 이야기 소재인 회귀, 빙의, 환생을 묶어 이르는 말)의 감각에 더 가깝지 않을까.

'이번 생은 틀렸어'라는 말이 한동안 유행했던 것처럼, 우리에게는 두번째 기회에 대한 상상이 쉽지가 않다. 다른 세계에서 더 좋은 조건을 갖고 다른 인물로 태어나는 '회빙환'이 우리에게 알려주는 것 또한 마찬가지 아닌가. 이번 생은 글렀고, 다음 생을 기약하자는 마음, 그 절망과 조소가 나를 비롯한 수많은 사람의 마음에 깊게 새겨져 있다는 사실 말이다.

내가 「젊어지는 샘물」 이야기를 흥미롭게 느낀 것도 이런 맥락일 것이다. 새로운 인생과 두번째 기회가 주어지는 이야기, 그것도 악인에게 다시 시작할 기회를 주는 그런 이야기가 내 마음을 끈 것이겠지. 무엇보다 이 이야기가 품고 있는 이 여유로움과 너그러움이 마음에 든다. '이번 생은 틀렸어' 운운하는 이야기가 우리 자신에 대한 실망과 절망에서 비롯된 것이라면 「젊어지는 샘물」 쪽에는 그러한 절망의 기미가 없지 않은가. 반성할 마음조차 없던 이에게도 새롭게 시작할 기회를 주는 이 자비로움은 뭐랄까, 21세기에는 좀처럼 떠올리기 어려운 발상이라는 느낌이다.

이런 생각이 들기는 한다. 이번에도 잘못했네요. 다시 한번 기회를 주신다면 더 잘해보겠습니다. 그런 절박한 마음으로 매일을 보내고 있지만, 과연 다시 한번 기회가 주어진다면 내가 잘할 수 있을까? 하는 불안이 뒤통수 어딘가에서 슬그머니 올라오는 것이다. 인간은 같은 실수를 반복하고 어쩌고 하는 인터넷 밈이 분명 있었던 것 같은데, 이 또한 사람에 대한 신뢰성 높은 통찰이다. 사람이란 정말 쉽게 바뀌지 않는다. 내가 난데 어쩌란 말입니까, 이런 것이 사람이란 말이다. 과연 아기가 된 욕심 많은 노인(뭐 이런 말이 다 있음)이 심성 고운 부부의 아래에서 자란다면 정말 착한 사람으로 자랄 수 있을까? 그에 대해서는 그 어떤 확답도 내릴 수 없겠지. '회빙환'의 주인공이 아닌 이상 그러한 경험이 가능한 사람은 없을 테니까.

하지만 이어서 이런 생각이 들기도 한다. 그게 무엇이 중요한가 하는 생각이다. 설령 회심이 불가능하다고 하더라도, 결국 욕심 많은 노인으로 다시 늙어버린다고 하더라도 그 모든 과정을 다시 한번 시도해본다는 것이 중요한 것 아닌가. 그 모든 실수와 실패를 그대로 반복한다고 하더라도, 중요한 것은 두번째 기회가 주어진다는 그 자체라는 생각이다. 단 한 번의 실패로 몰락하지 않고, 우리 삶의 비가역성에 절망하지 않고, 한번 더 해보는 것, 그것이 인간에게 주어질 수 있는 가장 인간적인 구원이리라.

때로 이런 질문을 받기도 한다. 다시 태어나도 시인을 하실 건가요? 그러면 언제나 농담을 섞어 이런 대답을 한다. 아뇨, 한번 해봤으니 다른 것을 해보고 싶어요. 그러나 나는 알고 있다. 다시 태어나도 나는 아마 시를 쓰겠지. 시쓰기에 매번 절망하고 실망하면서도, 스스로의 한계를 절감하면서도 또 쓰고야 말겠지. 기꺼이, 라고까지는 할 수 없겠지만, 어쩔 수 없고 피할 도리가 없어서 똑같은 실패를 반복할 것이다. 그것은 참 끔찍한 일이지만, 한편으로는 눈물나게 고마운 일이 될 것이다. 이 말에도 약간의 농담이 섞여 있음.

7

월

22

일

시

애프터 레코드

그때 그 사람들은 다 어디로 갔나

함께 비 내리는 바닷가를 지켜봤는데, 비가 옆으로 내린
다며 깔깔대다 옷이 다 젖었는데, 추워서 몸을 떨다 서로 몸
을 기대기도 했는데

우리 다음에 다시 또 와요
그때는 물놀이도 꼭 함께해요

그런 약속도 나눴는데 그게 다 진짜라고 생각했는데

바닷가에 사람이 많았는지 기억나지 않는다
분명 함께 웃었는데 생각할 수가 없다

사진은 멈춰 있다
파도는 움직이고 있다

우리 꼭 살아서 다시 만나요

파도치는 바다를 뒤로하고 그 사람이 말했는데
그때 하늘은 정말 어둡고 내일이 없을 것 같았는데

(내레이션을 더빙할 때는 말을 최대한 상황에 붙이려고 해
요 붙이면 붙는다고 생각해야 합니다)

스튜디오는 춥고 어둡다
모니터의 빛에 의지해 겨우 스크립트를 따라 읽고 있는
사람

바닷바람이 매섭네요
이런 날씨에 바다에 온 건 처음이네요

사람들은 그런 말을 하고 있었는데

다들 얼굴 없이 웃고 있었는데

그게 이상하게 좋은 순간으로 기억되고 있었는데

하늘도 바다도 시커먼데

파도의 포말은 웃는 사람들의 이처럼 흰빛이었고

그 장면은 영원히 고정되었는데

그런데 다들 누구신데요, 여기서 왜 이러시는 건데요

몸을 기댄 사람들의 웃음 사이로 누가 말을 던지고

갑자기 바람이 멈췄다고 생각했는데

멈춘 것은 바람이 아니었다

그때 멈춘 것이 무엇이었는지

이제 생각해야만 한다

7

월

23

일

에세이

보라매공원

어릴 적 그 이름을 듣고 참 이상하다는 생각을 했다. 고모 댁이 그 근방이었던지라 어릴 적부터 자주 놀러가고는 했는데, 그때는 '보라매'라는 명사를 곧바로 이해하지 못하고 '보람의 공원' 정도로 생각하며 엄마에게 우리 보람의 공원 가요, 보람의 공원이요, 그렇게 말하곤 했다. 그렇게 말하고 나서도 그게 무슨 뜻인지는 잘 이해하지는 못했던 것 같다. 이후에 그것이 동물의 이름을 따온 것임을 알아차린 뒤에도 보라색의 독수리 정도를 떠올렸던 기억이 난다. '보라매'가 사냥을 위해 키운 매를 의미하며 공군사관학교의 상징에서 따온 것이었음을 알게 된 것은 아주 한참 뒤의 일이었다.

어릴 때는 공원이 정말 넓게 느껴졌다. 걸어도 걸어도 끝이 보이질 않아서 세상에 이렇게 넓은 곳이 있다니, 싶었다. 도시에서 자란 나에게는 이렇게 넓은 공터가 있다는 것도, 도시 한가운데에 식물이 이렇게 많은 것도 신기하게 느껴졌던 것이다. 생각해보면 그게 내 최초의 공원이었다. 잔디가 많고 나무가 많고 사람이 많고 아이스크림을 팔고 과자를 팔던 곳. 어릴 때에는 지금처럼 산책 나온 개가 많지는 않았던 것 같다. 한 살 터울의 남동생과 이리저리 뛰어다니며 놀았던 곳. 비둘기를 보면서 저게 혹시 보라매일까 혼자서 고민해봤던 곳. 무슨 보람이 있는지는 모르겠지만, 아무 보람이 없어도 그저 걷는 것만으로 충분해지던 곳. 그것이 내 최초의 공원에 대해 남은 기억들이었다.

나는 시에 공원의 이미지를 자주 끌고 오는 편인데, 돌이켜보면 공원에 대한 결정적인 이미지를 제공받았던 것이 그 어릴 적의 보라매공원이었다. 나무가 늘어선 길이 길게 이어져 있고, 그 긴 길을 지나면 등장하는 휑한 공간들. 그 휑한 공간을 채우던 온도가 낮은 빛들(어째서인지 공원의 빛은 한여름이 아닌 이상 온도가 낮다는 인상을 준다), 걷는 사람들과 걷는 개들, 이리저리 흩어진 무료함이 나에게 퍽 인상 깊었던 모양이다. 여전히 나에게는 공원을 떠올릴 때 가장 먼저 떠오르는 풍경이 그곳이었다.

*

지금은 헤어지고 만나지 않는 옛 연인도 보라매공원 근처에 살고 있었다. 그런 까닭에 종종 보라매공원을 함께 산책했던 기억이 난다. 서로 바쁜 학생이었기에 주로 낮보다는 밤에 만나게 되었는데, 밤의 공원은 낮의 공원과는 전혀 다른 세상이었다. 그토록 조용한 어둠 속에 길게 늘어선 가로등의 빛들과 서늘한 밤공기에 섞여오는 공원 특유의 풀냄새와 걷다 마주치게 되는 낯선 이들로부터 전해져오는 미묘한 긴장감, 낮에는 들리지 않던 작은 생물들의 소리까지, 밤의 공원은 무엇인가 비밀과 숨겨진 이야기가 많은 공간처럼 느껴졌다.

나는 연인과 밤의 공원을 걷는 것을 좋아했다. 이런저런 이야기를 하면서, 혹은 아무런 말도 하지 않으면서 그냥 걷는 것이 좋았다. 아무것도 하지 않는 시간을 함께 보내는 것만으로 어딘가 충만한 기분을 느낄 수 있었다.

그리고 그때의 인상 깊었던 순간들 몇 가지.

하루는 운동장을 따라 원을 그리며 수많은 사람이 줄지어 걷고 있었다. 멀리서 그것을 보고는 너무 이상한 기분이들어 연인에게 물었다. "저거 봐, 너무 이상하다. 왜 저렇게 많은 사람이 저렇게 자꾸 돌고만 있는 걸까. 무슨 종교 집단 같은 게 아닐까." 나의 연인은 나에게 기가 막히다는 듯이 그저 운동하는 사람들일 뿐이라고 대답했고, 그 말을 듣고도 나는 그 사람들이 너무 이상하게만 보였다. 거의 백 명 가까운 사람이 말없이 운동장을 돌고만 있었으니까.

또 하루는 연인과 연못가의 벤치에 앉아 있을 때, 아주머니 하나가 신발을 벗고 나무를 오르고 있었다. 자꾸 미끄러지면서, 무엇인가 혼자 중얼거리면서, 자세히 들어보면 '주여, 용서해주시옵소서'라고 빠르고 작게 웅얼대는 것이었고, 저러다 다치는 것이 아닌가 걱정이 들었지만 어쩐지 쉽게 말을 걸 수 없는 분위기를 풍기면서 아주머니는 나무를 자꾸 오르고 있었다. 연인과 나는 어딘가 공포스러운 기분 속에서 그 아주머니를 지켜보았고, 아주머니는 나무 위에 결국 올라서서는 주여, 주여, 큰 소리로 몇 분간 외치다가 아무 일도 없었다는 듯이 그곳을 떠나갔다.

또 어떤 눈 내리던 밤, 휘날리던 눈들이 가로등 속에서 빛나던 모습이 도무지 이 세상의 것이라고는 믿을 수 없다고 생각했던 그 밤.

또 여기 다 옮겨 적지 못할, 그 많은 놀라운, 아무것도 아닌, 그런데도 생생하고 생경했던 순간들.

헤어진 연인을 떠올리면 그 어떤 기억보다 공원에서 함께 시간을 보냈던 때가 많이 떠오른다. 다른 어떤 공원과도 특별히 다르지 않은 공원이면서, 너무나 특별하고 이상한 일이 많았던 시간들. 보람의 공원, 보람도 없이 의미도 없이 그저 걸었던 공원, 보랏빛의 어떤 새가 어딘가에 꼭 있을 거라고, 어린 시절 생각했던 그 공원.

그곳에서의 기억이 나에게 얼마나 많은 시를 만들어주었는지 모르겠다. 그곳이 특별한 공원이었다고는 생각지 않지만, 어째서인지 특별한 기억이 그곳에서 많았다.

7

월

24

일

에세이

산악회의 눈부신 주말처럼 명징하고,
선배의 애정 어린 조언처럼 하염없는

지난 꿈의 기록. 침대에서 눈을 뜨니 연인이 옆에 누워 있었다. 잠시 말아두기로 한 개는 그의 발치에 잠들어 있었다. 다시 보니 개가 아니라 작은 양이었다. 나는 침대에서 일어나 거실 의자에 앉았다. 창을 통해 흐린 빛이 들어왔다. 수조에서 들려오는 것은 여과기가 만들어내는 규칙적인 물소리였다. 오늘은 할일이 참 많다, 그런 생각을 하며 담배를 입에 물었다. 침대에서 눈을 뜨니 연인은 소파에 앉아 티브이를 보고 있었다. 연인과 함께 앉아 케이블 채널을 보며 웃었다. 개는 허공의 무엇인가를 쫓으며 방을 맴돌았다. 침대에서 눈을 뜨니 연인이 없었다. 꿈이었군. 꿈을 꾸는 꿈을 꾼 것은 처음 있는 일이었다. 얼떨떨한 기분으로 침대에 그대로 누워 있었다. 개가 다가와 얼굴을 핥았다. 얼른 나가야겠다는 생각이 들어 몸을 일으키려 했다. 침대에서 눈을 뜨니 이제는 약간 두려운 기분이 들었다. 지금 이것은 꿈인가? 연인은 곁에서 잠들어 있었다. 개는 그의 발치에 웅크리고 있었고. 창을 통해 흐린 빛이 들어왔다. 정오는 이미 지나 있을 것이다. 그리고 나는 침대에서 눈을 떴다. 시간을 확인하니 정오가 지나 있었다. 말로는 명확하게 표현할 수 없지만, 꿈에서 깨어났을 때에만 느끼는 묘한 실감이 느껴졌다. 겨우 꿈에서 벗어난 것이다. 몸이 안 좋으니 별 꿈을 다 꾼다는 생각을 했고, 얼마 뒤 일어난 연인과 이 꿈에 대해 이야기했다. 예전에 유행한 영화 같다는 것이 연인의 감상이었다. 나는 꿈에서 깬 뒤에도 한동안 혼란스러웠다. 나는 꿈을 거의 기억하지 못하며, 기억한다 하더라도 나도 모르는 새 그것을 잊는다. 그런데 이토록 생생하게 기억나는 꿈이라니. 간혹 여전히 내가 꿈속에 있는 것은 아닐까 생각한다. 그리고 또다시 같은 침대에서 눈을 뜰 수도 있겠지. 그런 생각을 하면 조금 무섭고 슬프다.

침대에서 눈을 뜨니 나는 내 어린 양과 나란히 누워 있었다.

7
월
25
일

에세이

#not_only_you_and_me

　종종 이런 말을 접한다. "시는 다 연애시지"라거나 "이 시
는 (뛰어난 시인 동시에) 뛰어난 연애시이기도 하다"라거나
하는 말들. 내게는 이런 말들이 내포하고 있는 연애시에 대
한 미묘한 태도가 항상 흥미롭게 느껴진다. 저 말들에서는
공통적으로 시의 기본적인 형태를 연애시로 상정하고 있는
듯한 태도가 엿보이는 것이다. 한편으로는 그 연애시라는
것을 너무 기본적인 나머지 다소 수준이 떨어지는 것으로
여기는 태도가 느껴지기도 한다.

　시는 다른 어떤 예술 양식보다도 노골적인 일인칭 양식
인지라, 시적 주체와 대상 간의 긴장이라는 일차적 관계가
가장 기본적인 메커니즘으로 작동한다. 그런 의미에서 시
를 독해하는 가장 원초적인 방식은 시적 주체, 즉 '나'가 대

상과 어떤 관계를 맺고 있는가, 더 노골적으로 접근하면 '나'가 대상과 가까운가 혹은 먼가 따져보는 데서 출발한다고 할 수 있을 것이다.

이 '거리' 감각의 발생이 시의 시작이고 관계의 시작이며, 사랑의 시작이라고 할 수 있겠다. 나에게 이러한 '거리'를 통한 관계의 발생을 직접적으로 알려준 것은 김소월이었다.

산에는 꽃 피네
꽃이 피네
갈 봄 여름 없이
꽃이 피네

산에
산에
피는 꽃은
저만치 혼자서 피어있네

산에 우는 작은 새여

꽃이 좋아

산에서 사노라네

산에는 꽃 지네

꽃이 지네

갈 봄 여름 없이

꽃이 지네

—「산유화」

1연에서 만물생동이라는 거대한 세계의 원리를 표상하는 관념으로서만 존재하던 "꽃"은 2연의 "저만치"라는 부사를 통해 김춘수적 의미의 '꽃'으로 변화한다. 즉 "저만치"라는 거리의 감각을 통해 "꽃"은 대문자 꽃으로부터 소문자 꽃으로 전이되는 것이며, 관념으로서의 '꽃'에서 대상으로서의 '꽃'으로 다시 나타나게 된 것이다. 즉 거리의 발생을 통해 관계가 시작되는 것이다.

또한 "저만치"라는 '거리'의 발생은 대상으로서의 꽃을 드러낼 뿐 아니라, 그것을 발견하는 '나'를 암시적으로 창출해낸다. 중요한 것은 이 시의 '나'가 "저만치"라는 거리의 발생과 그것을 통한 '꽃'의 발견 이후에 등장한다는 점이리라. 다시 말하면 '나'는 '너' 이후에 발생한다. '너' 없이 '나'는 성립하지 않는다.

내가 시를 읽으며, 그리고 써나가며 깨달은 것이 그것이었다. 김춘수식으로 말하자면, 꽃이야 내가 부르든 말든 이미 완결성을 지닌 '꽃'이겠지만 '나'가 그 앞에 섬으로써, 그리하여 그것의 이름을 부름으로써 '꽃'은 완결성을 상실하고 '나'의 '의미'가 된다. 그것은 꽃이 의미를 획득하는 것이라기보다는 오히려 '나'가 의미를 획득했다는 쪽에 가까우리라(사실 '꽃' 쪽이야 '나'에게 종속됨으로써 모종의 진실을 잃어버리는 쪽에 더 가깝지 않겠는가). 그러니 시가 '너'를 그토록 오래도록, 열심히도 불러왔던 것도 어쩔 수 없는 일이다. '너' 없이는 아무것도 시작되지 않으니까. 그러나 즉물적인 대상으로서의 '너'를 부르는 것만으로는 아직 시에도, 연애시에도 미치지 않는다. 그냥 '너'가 생각나고, '너' 없이 못 살겠다고 말하는 것은 대중가요가 충분히 해오고 있고, 더 잘하고 있으니까(바로 이 대목, 그러니까 관계에 대한 일차적이고 단순한 반영으로 나타나는 지나친 통속성이 연애시를 얕잡아보도록 만드는 연원일 것이다).

그렇다면 시는 무엇일까. 시란 멀어지는 것이다. '너'가 선행하지 않으면 '나'가 불가능하듯이, 의미는 차이가 없으면 발생하지 않는 것이다. 시란 동일성의 세계로 편입하는 것이 아니라 더 많은 차이를 발견하는 것이다. 너를 사랑한다는 것은 너와 결코 하나가 될 수 없다는 것을 인정하는 것이다. 그 불가능이 욕망을 낳는 것이다. 그 횡단 불가능한 간극이 운동을 발생시키는 것이다. 사랑 노래와 연애시의 차이는 여기에 있다. 사랑 노래가 꿈꾸는 것은 너와의 합일이지만 연애시가 그리는 것은 사랑의 불가능이다. 사랑 노래가 꿈꾸는 것은 폐쇄된, 그러나 완전한 세계이지만 연애시가 그리는 것은 사랑의 불가능으로 인해 가능해지는 세계의 개방이고 개진이다.

김소월의 시로 돌아가보면, 이 시는 직접적인 방식으로 '너'에 대해 발화하지 않고 있다는 것을 알 수 있다. 3연을 살펴보면 '나'와 '꽃'의 즉자적 관계를 묘사하는 대신, 그 관계가 '꽃'과 '새'의 관계를 경유하여 암시되도록 설정함으로써 '나'와 대상의 거리를 한층 더 멀어지게 만들고 있음을 알 수 있는 것이다. 그리고 이 멀어짐을 통해 시는 '꽃'과 '새'의 인접성에 의해 구성되는 '산'이라는 공간을 새로이 창출해내고, 결국 이 시는 '산'에서 '꽃'을 그리는 '새'의 비극적 사랑이 중심에 놓이게 된다. 폐쇄된 이자 관계가 다른 공간으로 전이되는 이 순간이 중요하다. 그것이 바로 '너'와 '나'의 폐쇄된 관계를 넘어서 사회로, 세계로 나아가는 순간이니까. 이 개방의 순간을 통해 시는 이 세계에 대해 발언할 힘을 갖게 되는 것이다. 새와 꽃의 불가능한 사랑 속에서 산이라는 지평이 개방되고, 그것이 삶과 죽음의 원리 속에서 영원히 순환되는 세계, 그것이 김소월이 만들어낸 서정시의 본령이다. 그리고 그것은 연애시의 정수이기도 하다. 결국 모든 시는 일정 부분 연애시의 양태를 띨 수밖에 없다. 시라는 것이 기본적으로 나와 대상의 다름을 핵으로 삼아 추동되는 양식인 이상은 그렇다.

그리고 이 '대상에 대한 태도'로 수렴되는, 사랑이라는 관계가 시인에게는 그 자신이 세계를 대하는 태도 그 자체로,

나아가 시적 개성으로 자리잡게 되는 것이리라.

*

　여기까지가 내가 생각하는 시와 사랑에 대한 일반론이다. 나는 '사랑을 어떻게 발명할 것인가'에 대한 질문으로 글을 시작했지만, 유감스럽게도 나로서는 아직 어떻게 발명할지에 대해서는 별다른 생각을 아직 갖고 있지 못하다. 그렇기에 시가 사랑을 다루는 방식으로서 연애시에 대한 나 자신의 생각을 시론에 가까운 형태로 우선 옮겨놓은 것이다. 그리고 지금부터 쓸 것은 내가 전술한 생각들에 대해 갖게 된 모종의 의문과 고민들이며, 이것은 아직 나의 시론이 아니다.

*

　내가 지금껏 써온 시의 태반은 연애시의 형태를 띠고 있는데, 그것은 사랑에 대해 말하기 위한 것이 아니라 오히려 사랑의 불가능에 말하기 위한 것에 가까웠다. 그리고 그것의 불가능으로 인해 가능해지는, 둘 이외의 것들이 내게는 사랑보다 더 중요하게 여겨진다. 그런데 어째서인지 둘 이외의 것들로 구성되는 세계를 그려나가다보면 결국에는 하나같이 어떤 불가능에 부딪히게만 된다. 생각해보면 당연한 일이다. 관계의 기본형으로 불가능한 둘의 사랑을 상정하는 세계에서 그 어떤 것인들 가능할 수 있을까. 다소 추상적이고 부정확한 이야기지만, 이렇게밖에는 표현하지 못하겠다. 그 불가능이 조금 지루하고, 답답하다.

이 글의 제목은 브리트니 스피어스의 〈3 three〉라는 노래에서 따온 것인데, 가사 자체야 둘이 아닌 셋의 성애를 노래하는 내용이지만, 나에게는 제목으로 인용해둔 '너와 나뿐만 아니라'라는 대목이 항상 흥미롭게 느껴진다. 둘의 사랑이란 것이 둘의 다름을 전제함으로써 하나-되기의 불가능을 도출해내는 것이라면, 셋의 사랑은 대체 무엇일까. 넷의 사랑은, 다섯의 사랑은 무엇일까. 그것은 양자의 합일이라거나 한쪽이 한쪽을 소유한다거나 서로 대립한다거나 하는 기존의 사랑 체계와는 전혀 다른 형태인 것은 아닐까.

무슨 폴리아모리 운운하려고 이런 얘기를 꺼낸 것은 아니고, 그저 이 글이 최초에 전제해둔 시의 가장 기본적인 형태로서 '연애시'라는 것에 의문을 제시하고 싶을 뿐이다. 다시 말하면, 시가 세계에 대한 인식틀의 기본으로 받아들이고 있는 모종의 '이자 관계'라는 것이 자꾸 의심스럽게 여겨진다는 것이다.

왜냐하면 이 세계는 최소 단위로 해체 가능한 것이 아니기 때문이다. '둘만의 세계'라는 것은 불가능하다고 생각하기 때문이다. '둘만의 세계'까지 분해된 세계는 아무리 생각해도 이미 세계가 아니다. 그런 의미에서 나는 사랑의 공동체라거나 두 사람의 공동체라거나 하는 어떤 논의들에 약간의 어색함을 느낀다. 그러한 논의들은 너무 관념화되었고, 너무 실체와 멀어졌고, 너무 이해와 인식에 기대고 있다고 생각한다. 2의 사랑, 2의 다름, 2의 관계는 '의미'를 창출하지만, 의미 자체가 세계는 아니기 때문이다. 그렇기에 내게 2를 통한 절대적 1에 대한 희구는 지나치게 서구적이고, 기독교적이고, 철학적이고, 기술적이며, 관념적으로만 여겨진다. 세계란 그 의미들(둘의 '차이'로 인해 발생하는)이 수 없이 교차하며 한없이 복잡해져버린 까닭에 애당초의 '차이'라는 것이 극도로 희미해져버린, 그리하여 의미도 영문도 알 수 없게 되어버린 커다란 덩어리에 가깝다. 그 거대한 덩어리를, 총체를 기본 단위로 분해해버리면, 이미 그것은 내가 알던 것이 아니지 않겠는가.

이것이 다소 정합성이 떨어지고 논리가 결여된 생각이라는 것은 스스로도 잘 알고 있지만, 그래도 나는 사랑이 둘만의 것이라는 것을, 그것이 모든 관계의, 인식의, 세계의 기본 단위라는 것을 좀처럼 받아들이기 어렵다. 더 솔직하게 말하면 그렇게 받아들이고 싶지가 않다. 둘의 사랑은 언제나 불가능한 것이니까. 가장 순수하고 근원적인 데까지 다다르려는, 진실한 대상에 도달하려는 일은 불가능할 수밖에 없다는 것을 지금까지 수많은 시와 예술이 증명해왔으니까.

시는 슬프다. 사랑은 불가능한 것이니까. 시는 기본적으로 사랑의 장르니까. 불가능에 기대며 '그럼에도 불구하고'로 시작하는 모든 결의는 아름답지만, 그것은 그 아름다움

만큼 허무하고, 그래서인지 시의 슬픔도 아름다움도 항상 무상함과 연결되어버리는 것 같다. 불가능으로부터 아름다움이 가능해지는 것일 테지만, 불가능으로부터 진정 정치적인 것이 가능해질 수도 있겠지만, 불가능에 기대는 그 모든 논의가 이제는 조금 지겹다는 것이 솔직한 마음이다.

왜 이 세계가 둘로부터 출발한다고 생각해야 하는 것일까. 왜 둘이 창출하는 차이로부터 출발해야 하는 것일까. 차이는 의미를 창출하고, 그것의 불가능은 아름다움을 창출하고, 거기서 우리의 정치성은 시작되고, 그렇지만 시가 의미를, 아름다움을, 정치성을 창출하지 않고, 다른 것을 해볼 수는 없을까. 나는 그저 다른 종류의 의미를, 아름다움을, 정치성을 상상해보고 싶을 뿐이다. 기성이 나빠서가 아니라 그저 다른 것을 생각하고 싶어서, 무엇이 가능한지 알아보고 싶어서.

시가 멀어지기를 좋아하는 것이라면, 시가 핵심으로 삼고 있는 인식의 체계로부터도 멀어질 수 있지 않을까. 그렇다면 세계를 기본 단위로 재구성하는 방식이 아니라 그와는 질적으로 다른 방식으로 세계를 재현할 수도 있지 않을까. 아직은 그 방법을 나는 모르지만, '사랑'이 관계의 양태를 가리키는 말이라면, 더 많은 사랑의 형태를 상상한다면 가능해지지 않을까. 우리가 살아 있는 이 세계에서 '너'는 하나가 아니니까. 그렇기에 '나'도 이미 하나가 아니니까. 둘의 사랑을 서로 겹쳐본다고 셋의 사랑이 되는 것은 아니니까. 셋의 사랑과 둘의 사랑을 합치면 다섯의 사랑이 되는 게 아니니까. 그 모든 사랑의 양태들의 가능성을 상상해본다면, 실천한다면, 무엇인가 달라질 수 있는 것은 아닐까.

여기까지가 내가 지금 막연하게 갖고 있는 사랑에 대한, 시에 대한 의문과 고민들이다. 이 산만한 글은 무슨 생각이라기보다는 그저 기분에 가깝고, 아직 충분히 개념화시켜 두지 못한 단상의 연쇄에 가깝다. 지금의 나로서는 여기부터 조금씩 움직여나가야겠다는 생각을 갖고 있을 뿐이다. 너와 나뿐만이 아니라, 그보다 많은 것으로 얽혀 있는 세계의 모습을 생각해보면서. 시를 그만두는 시의 모습을 생각해보면서.

7
월
26
일

시

귀거래사

어제까지 우리는 여름에 있었는데 해변에서 바다를 보고
있었는데 비행기에서 내리면 겨울이 우리를 기다리고 있는
것이다 밤의 비행기를 타고 아래를 내려다보면 빛이 너무
많아서 깜짝 놀라게 될 것이다 저게 서울이냐고 내가 물으
면 너는 아니라고 할 것이다 서울을 지날 때쯤이면 어이가
없을 정도로 지상에 빛이 가득해진다고 그제서야 이제 겨
우 집이구나 그런 생각이 들어서 안심하게 된다고 그렇게
말할 것이다 공항을 벗어나면 와 춥다 정말 추워 말하며 버
스에 탈 것이고 그때부터 우리의 생활이 시작될 것이다 서
로를 사랑하면서 불빛 가득한 도시에서 살아가겠지 내 곁
에 잠든 너를 보면서 그런 생각을 했는데

너는 여기가 서울이 아니라고 한다

버스를 타고 집에 들어와서도 잠들지도 않고 먹지도 않

고 불 꺼진 방에 누워 아직 아니라고 여긴 아니라고

7

월

27

일

에세이

말하지 않으면 슬프지도 않지만

김종삼의 시를 좋아한다. 1950년대에 작품 활동을 시작한 김종삼은 한국 시문학사에 있어 가장 탁월하게 침묵과 여백을 다루는 시인이었다. 한국의 시인 가운데 미니멀리스트를 꼽는다면 그의 이름을 빼놓을 수는 없을 것이다. 나는 시가 침묵해야 한다는 것을 그의 시를 통해 배웠다. 시가 침묵을 통해 보다 진실한 것을, 더욱 많은 것을 말할 수 있다는 것 역시 그의 시를 통해 배웠다. 이를테면 이런 시.

내용 없는 아름다움처럼

가난한 아희에게 온
서양 나라에서 온
아름다운 크리스마스 카드처럼

어린 양들의 등성이에 반짝이는

진눈깨비처럼

—「북치는 소년」

이 시는 거의 아무것도 말하지 않는다. 서술어는커녕 주
어조차 존재하지 않는다. 부사로만 성립하는 시. 다른 시
인들의 시 가운데 이보다 말수 적은 시가 없는 것은 아니지
만, 이보다 침묵과 여백을 잘 다루는 시는 나로서는 선뜻 떠
오르지 않는다. 이 시가 제시하는 적은 말들을 헤아려보자
면 이렇다. 가난한 아이가 어떤 연유인지 서양 나라에서 전
해져 온 크리스마스카드를 한 장 손에 쥐게 된다. 북치는 소
년이나 어린 양들, 반짝이는 진눈깨비와 같은, 아이에게는
다소 생경한 이미지들이 거기 담겨 있을 것이다. 또한 아이
는 먼 나라의 언어를 이해할 수 없으므로, 크리스마스란 가
난한 아이와는 무관하고 머나먼 풍습이므로, 크리스마스카
드가 담고 있는 의미를 온전히 이해할 수 없다. 그러니 내용
없는 아름다움일 수밖에. 시가 문장을 완성하지 못하는 것
은, 아이에게 있어 그 아름다움이 말 그대로 말로 형용할 수

없는 것이기 때문이리라. 이처럼 이 시는 말의 여백을 적극 활용함으로써 오히려 그 말이 도달할 수 있는 곳보다 더 멀리 나아간다.

말을 줄여나간다는 것은 그러한 뜻일 터이다. 거추장스럽고 무거운 언어를 버리고, 말이 나아가야 할, 사실은 언어 자신조차 예견하지 못했던 어떤 먼 곳에 가닿는 일. 시인이 되기 전, 한창 시를 열심히 읽고 공부하던 시절의 나는 그가 보여준 것과 같은 언어의 활용, 아니 침묵의 활용에 마음을 빼앗겼다.

그리고 시인이 된 나는 다시 그 시절의 마음에 대해 생각해보게 된다. 그리고 아울러, 그러한 시를 써야만 했던 사람의 마음에 대해서도 다시 생각해보게 된다. 그 생각에 도달하기 위해, 잠시 이야기를 우회하여, 나에 대해 말해보겠다.

*

말하지 않으면 아무 일도 일어나지 않는다. 말하지 않으

면 슬프지 않다. 그것을 알게 된 건 언제부터였을까. 아주
어릴 때, 엄마에게 과자를 사달라 조르며 울던 때, 나를 남
겨두고 가버린 엄마를 보며 알았던 것일 수도 있고, 고백한
다음날, 아무 일 없었다는 듯 친근하게 굴던 친구를 보며 알
았던 것일 수도 있겠다.

그래서 나는 말을 하지 않는 사람이 되었다. 좋다고 말하
지 않고, 싫다고 말하지 않았다. 그러면 아무런 일도 일어나
지 않았다. 나는 나인 채로 남았다. 그것을 정말 나라고 불
러도 좋은지 역시 말하지 않았다. 그러면 아무 일도 일어나
지 않았다.

"얘기할 수 없어요. 말해버리면 그게 사실이 되어버리잖
아요."

어릴 때 좋아하던 드라마 〈봄날〉에서 고현정이 말한 대사
다. 저 말이 지금까지 내게 인상 깊게 남아있다. 마음에 대
해 고민하며 괴로워하던 십대 시절, 항상 까닭 모를 괴로움
에 시달리던 내 마음을 명확하게 설명해주는 말이었기 때

문이다. 그때 나는 거의 고현정에 빙의되어 혼자 드라마를 찍고 있었던 것 같기도 하지만…… 그때의 일에 대해서는 역시 얘기할 수 없어요, 정도로 정리해야겠다.

끝이 너무 명확하게 보였기에 끝까지 말하지 않은 마음이 있었다. 그러나 끝에 대한 통찰은 언제나 우울에서 기인한 착각에 불과할 뿐이고, 그것은 그저 지리멸렬한 변명에 불과하다는 것을 이제는 안다. 나는 시작하기도 전에 겁을 냈을 뿐이다. 그러나 그때의 나는 그토록 두려워했다. 말하는 것을, 말함으로써 그것이 나의 마음속에서 돌이킬 수 없을 사실이 되어버리는 것을. 우리의 생각과 마음은 그것을 언어화함으로써 실체를 얻는다. '내뱉은 말'은 나와 무관하게 살아 움직이는 것이 되며, 힘을 가진 실체로서 그리고 사실로서 나의 내면에 거대한 영향력을 발휘한다.

그래서 나는 말을 많이 하는 사람이 되었다. 너무 많이 말하는 것은 말하지 않는 것이나 마찬가지니까. SNS에 끝없이 무엇인가를 올리고, 무슨 말인가를 덧붙이고, 끝없이 자신의 삶을 태깅하면서, 맛있어요, 재밌어요, 슬펐어요, 좋았어요, 좋아요, 나도 좋아요, 그런 말을 끝없이 덧붙이면서, 그 실체 없는 말이 나를 뒤덮기를 바라며, 그 쥐떼 같은 말들이 불현듯 찾아오는 허탈함과 자기혐오를 가려줄 수 있기를 바라며.

결국 언어란 무엇인가를 드러내는 것이라기보다는 오히려 은폐하는 것에 가깝다는 생각이다. 말을 줄임으로써 숨겨지는 것이 있지만, 드러난 말로 인해 가려지는 것도 있다.

내가 시인으로 데뷔했을 당시, 내게 주어진 평가는 미니멀리즘의 언어를 구사한다는 것이었고, 언제부턴가 나는 그러한 평가가 그다지 반갑지 않았다. 물론 시란 침묵을 자신의 언어로 삼는 양식인 만큼, 그것은 내 시에 대한 호의적인 평가였지만 어쩐지 그것이 나의 자기방어적 언어를 꼬집어 말하는 것처럼 들렸기 때문이다. 따져보면 그런 불만이 꼭 그런 수치심 때문만은 아니었으나, 이미 이렇게 말해버렸으니 그것은 이제 엄연한 사실이 되었다고 할 수 있겠지.

그러나 정말이지 가슴 깊은 데서부터 잘 들여다보면, 내가 미니멀리즘을 지향하는 듯한 예술작품을, 그러니까 김종삼 같은 이들의 시를 보며 매력을 느꼈던 것은 그러한 심사에서 연유한 것이었음을 부인할 수는 없을 것 같다. 나는 적게 말하는 김종삼의 시를 보며 어느 순간 안심하고 있던 것이다. 말하지 않아도 충분하다는 사실, 말하지 않는 것이 오히려 말하는 것보다 뛰어나다는 사실, 그 사실에 마음을 기대고야 말았던 것이다. 김종삼의 시가 보여주는 압도적인 침묵, 그것은 필설할 수 없는 세계에 대한 가장 정확한 설명이 될 테지만, 동시에 나와 같이 심약한 인간에게는 자기애와 자기혐오가 뒤섞인 도피처가 되어버릴 수도 있는 것이다.

이렇게 생각하다보면 타인의 침묵을 멋대로 이해함으로써 그것을 약탈하고 내 마음대로 뒤틀어버리고, 심지어 그 왜곡과 오해가 그저 자기방어를 위한 자기만족에 그칠 뿐이라는 지독한 사실과 마주하고야 만다. 작품을 읽는 것은 자유라지만, 그렇다 하더라도 시인으로서(김종삼은 자신이 시인에도 시에도 도무지 미치지 못하는 인간임을 자처하는 겸

손함마저 갖고 있었다지만!) 작품을 멋대로 곡해하는 것은 부끄러운 일이 아닐 수 없다.

그런데 정말 시인에게 무엇인가 숨기고 싶은 것이 없었을까? 그의 간결한 언어는 그저 숭고하기만 했던 것일까? 요새는 그런 생각을 자꾸 하게 된다. 김종삼이 나처럼 천박한 인간이라는 뜻은 아니지만, 나 역시 쓰는 이로서, 숭고하기만 한 글쓰기란 불가능하다는 것을 알고 있다. 숭고함을 선택하는 인간이란 결국 무엇인가에 두려움을 가진 인간일 수밖에 없는 것 아니겠는가. 자신의 고통과 슬픔에 대해 말하지 않을 수 없으나, 동시에 그것을 도저히 말할 수 없다는 두려움이 시인에게도 있었으리라. 김종삼의 시편들을 읽으면 언제나 망설임과 두려움이 느껴지는 시어들이 손에 잡혔다. 내가 김종삼의 시를 정말 사랑했던 것은 그러한 두려움을 그의 시에서 읽어냈기 때문이었으리라.

*

언어가 축소되는 시대다. 언어는 넘쳐나는데, 언어에 채

이르지 못하는 말의 조각들뿐인 시대다. 다른 사람들 이야기가 아니고 그 무엇보다 나의 이야기다. 앞서 이야기한 것처럼 나 역시 아무것도 말하고 싶지 않아 무엇이든 말하고 있을 따름이니까. 그리고 그렇게 모두가 아무 말이나 하며 아무것도 말하지 않는 일이 거대한 규모로 이뤄지고 있는 시대다. 뿐만 아니라 우리의 욕망 역시 축소되고 있다. 삶에 대한 전망이 급격하게 축소되고 있음에 우려를 표하는 목소리가 등장한 지는 이미 수년이 지났고, 그러한 우려는 견고한 현실이 되어 미래에 대한 우리의 전망을 짓누르고 있다. '나'에 대해 꿈꾸는 일이 어려워지는 만큼, 우리는 '나'에 대해 끝없이 말과 이미지를 덧붙일 수밖에 없다. 자꾸 흘러내리는 그 언어를 다시 덧바르면서, 그러지 않으면 무너져버릴 자신의 모습을 두려워하며. 욕망은 축소되고 언어는 과잉되어 오히려 왜소해지는 시대, 그것이 지금 우리가 발을 딛고 있는 시대의 모습이다.

이러한 두려움은 김종삼의 두려움과 매우 닮아 있으면서도 또한 전혀 다르다. 우리의 두려움이 슬퍼지는 것이 두려워 미리 말하고, 나보다 앞선 말로써 나로부터 스스로 고개를 돌리는 일이라면, 김종삼의 두려움이란 말하면 슬퍼질 것이 분명한데도 그 두려움 속에서 말하는 것이다. 그 두려움의 흔적이 그에게는 침묵이고 여백이 되며, 그러한 침묵과 여백 속에서 그는 더욱 명확하게 드러나는 것이다.

말하지 않으면 슬프지 않다. 그러나 말한다. 말하지 않으면 아무 일도 일어나지 않는다. 그러나 말한다. 그것이 요새 나의 삶과 시쓰기의 태도다. 김종삼과 같이 숭고하고 고결한 언어를 다룰 수 있다면 더할 나위 없이 기쁜 일이 될 테지만, 지금과 같은 시대에 그런 언어를 구사하는 일은 거의 불가능하게 느껴지기도 할뿐더러, 조금은 거짓말처럼 느껴지기도 한다. 그러므로 나는 그저 말하고자 한다. 숭고하지도 않고, 고결하지도 않게. 무엇인가를 은폐하거나 숨기려 하지 않고, 그저 있는 것을 드러낼 뿐인. 창백하고 간결한 언어가 아니라, 다소 엉망진창이어도, 조금은 슬퍼지더라도 기어코 말해버리는 것. 나를 말로 뒤덮는 것이 아니라 나에 대해 말하는 것. 그렇게 함으로써 진짜로 말해보는 것. 그것이 진정 가능할는지는 아직 모른다. 다만 이렇게 말해버렸기에, 그게 사실이 되리라 믿어볼 따름이다.

7

월

28

일

에세이

시간을 달리지는 못하겠지만

　내가 오랫동안 짝사랑했던 친구는 군대 시절을 그리워했다. 그때가 좋았다거나 그 시절로 돌아가고 싶다거나 하는 말을 자주 했는데, 당시 미필이었던 나로서는(나는 서른 살에 막차를 타듯이 입대했으므로) 그 말을 도무지 이해할 수 없었다. 다만 학업과 취업 준비 등으로 스트레스를 받던 친구였기에 그 모든 것과 무관한 시절을 떠올리는 것이리라 막연히 짐작할 따름이었다.

　그 친구가 무엇을 그토록 그리워했는지 조금이나마 이해한 것은 늦은 입대를 하고 나서의 일이었다. 입대를 하고서야 깨달은 사실인데 군대는 정말 타임머신 같은 곳이었다. 군대에서는 시간이 멈춘다, 느리게 흐른다 운운하는 이야기가 아니라, 시간을 한참 거슬러올라가 고등학교로 돌아간 것만 같은 기분이 들게 만드는 곳이었다는 뜻이다. 미성년을 벗어난 지 얼마 되지 않은 남자애들이 모여 함께 먹고 자며 생활하는 곳, 다들 비슷한 생활을 공유하며 누군가의 통제를 받는 환경이라는 것이, 뭐랄까 참 학교 같다고 해야 할까. 어쩌면 학교가 군대 같다고 해야 할는지도 모르겠지만.

아무튼 군대란 참 남자고등학교 같은 곳이었는데, 거기에는 입시라는 부담스러운 관문이 없었다. 지루한 시간을 버티고 나면 전역이라는 해방만 있는 셈이니, 시간이 느리게 흘러 생기는 초조함은 있을지언정 미래의 성취에 대한 불안은 느끼지 않아도 좋았다. 그런 의미에서 누군가에게는 군 복무 시절이 제법 마음 편한 시간이었을지도 모른다. 그리고 그 친구가 그런 사람이었는지도. 그렇다고 해서 나에게 군대가 마음 편한 시절이었다는 이야기는 아니다. 그 폐쇄적인 분위기와 억압적인 문화를 차치하고라도 당시 나에게는 흘러가는 시간이 너무 아까워서 미칠 것만 같았으니까.

하지만 확실히 시간을 되돌린 것만 같다는 감각이 주는 이상한 기분이 있었다. 젊은이들 사이에 있으니 몸도 마음도 젊어진 것 같다……고 까지는 말할 수 없겠지만(매일 운동을 억지로 하는 바람에 몸이 조금 건강해지긴 했음), 스무 살 남짓의 친구들과 이야기를 나누고 감정을 교류하는 동안에는 분명 내 나이에 어울리지 않는 감정을 느끼게 되는 때가 많았다. 열 살쯤 어린 친구들과 어울리는 동안 십대 후반, 아니면 이십대 초반에 느꼈던 불안이나 슬픔, 미움과 같은 감정들을 느끼고 있었던 것이다. 어쩌면 친구는 그 시간을 돌이키고 싶었던 것인지도 모른다.

그러고 보니 군 시절 한 친구가 나에게 이렇게 말했다. "형은 좋겠어요. 저는 스물둘이라 시속 이십이 킬로미터로 가고 있는데 형은 삼십몇 킬로미터로 가고 있잖아. 군대 빨리 끝나겠다." 세상에 별말을 다 듣는구나 싶었지만, 돌이켜 보면 정말로 시간이 빠르게 흘러간 것만 같다. 시간이란 참 야속하고도 웃기는 것이군요.

*

또다른 내 오랜 친구는 이백 살까지는 살고 싶다고 했다. 삶이 너무나 지겹고 버겁다는 이야기를 나누던 중이었는데, 그 말을 듣고 나는 너무 놀라 되물었다. 삼십몇 년 사는 것도 이렇게나 힘든데 살아온 세월의 몇 배나 되는 시간을 어떻게 견딜 수가 있겠느냐고. 친구는 세상에는 아직 즐기지 못한 것이 너무나 많고, 앞으로 더 재미있는 것이 생겨날 테니 그걸 최대한 즐겨야 한다고 답했다. 친구의 답변을 듣고 정말 크게 놀랐다. 삶에 대한 이런 낙관이라니. 그것은 단지 세상에 대한 순진한 기대는 아니었으리라 나는 짐작했다. 삶이란 이토록 지루하고 괴로운 것이지만, 그렇기에 오히려 재미있는 것을 더 찾아 움직여야 하리라는 일종의 대항 의식(?) 같은 것이 아니었을까.

의료 기술이 나날이 발전하고 있으니 인간의 수명이 이백 살까지는 족히 늘어나리라는 것이 친구의 이어진 설명이었는데, 그 또한 참 아득하게 들렸다. 그 이야기는 어쩐지 SF소설에서 소재로 자주 삼는 냉동 수면 이야기를 연상시

킨다. 기술을 통해 우리의 육체가 시공 속에서 소모되는 것을 견디게 함으로써 우리를 미래로 옮긴다는 점에서 분명 냉동 수면과 의료 기술을 통한 수명 연장에는 닮은 구석이 있는 것이다. 그 아득한 이야기를 나는 차마 감당하지 못하고, 나 먼저 이 세상 뜨겠노라 농담을 던졌는데, 친구는 어쩐지 조금 쓸쓸하게 웃었다.

누군가는 과거로 돌아가기를 바라고 또 누군가는 먼 미래를 그린다. 그것은 조금도 특이한 일이 아니다. 사람은 누구나 돌이킬 수 없는 시간과 가닿을 수 없는 시간에 대해 상상하곤 하니까. 마음이라는 것은 언제나 현재와 조금 어긋난 곳에 위치해 있고, 그렇기에 우리는 자꾸 다른 시간을 그리게 된다.

문득 두 친구를 나란히 떠올리게 된 것은 내가 과거나 미래 어느 쪽으로도 딱히 가닿고 싶지 않다는 것을 깨달았기 때문이었다. 나 또한 가끔 상상하기는 한다. 내가 만약 고등학생 시절로 돌아간다면, 혹은 몇 세기 후의 미래까지 살 수 있다면, 따위의 생각들을. 하지만 나는 그 어떤 시간대도 내 시간이라는 생각이 들지 않는다는 쪽이다. 어쩌면 내가 시를 쓰는 것도 그런 까닭일지 모르겠다. 시는 현실로부터 조금 비스듬한 자리에 서 있는 것이고, 그 자리에 서서 자꾸 지금은 아니라고, 이곳은 아니라고 말하는 일이다. 지금과 여기를 벗어나 돌이킬 수 없는 과거와 가 닿을 수 없는 미래를 그리는 일, 그 마음의 작용이 결국 시인 것이다.

"미래에서 기다릴게."

애니메이션 〈시간을 달리는 소녀〉의 막바지에는 이런 대사가 나온다. 치아키가 미래로 돌아가며 마코토에게 남기는 말이다. 마코토는 시간을 달려가겠노라고 치아키에게 대답하고, 그것이 애니메이션의 제목이 〈시간을 달리는 소녀〉인 까닭이다. 같은 만남인데 한 사람은 과거를 그리워하게 되고, 또다른 이는 미래를 그리게 된다. 이 이상한 엇갈림이 이 이야기의 진짜 흥미로운 부분이기도 하겠지. 어쩌면 시라는 것은 이처럼 하나의 마음을 두고 과거와 미래, 두 방향으로 내달리는 일이 아닐까. 시간을 달려갈 수는 없지만, 꼭 어딘가로 가고 싶은 것도 아니지만, 오히려 그렇기에

바닥에서 붕 뜬 채로 어딘가에서 흔들리고 있는 것이겠지. 그 흔들림만큼이 나의 시쓰기의 자리, 그리고 내 현실의 자리라고 할 수도 있겠다.

7

월

29

일

에세이

거칠고 사악한 노인은 될 수 없지만

미친 노인이 되고 싶다.

이것은 생활인으로서의 내가 아니라 작가로서의 내가 품고 있는 미래의 이미지다. 생활인으로서의 내게는 그다지 도달하고 싶은 미래가 없지만, 시인으로서의 내게는 비교적 명확한 비전이 있다. 그것은 더 멀리 도달하는 것, 시대보다 아주 조금 먼저 앞서 나가는 것, 그리하여 외로워지는 것이다. 좋은 예술가란 당대보다 반 발짝 정도 앞서서 걷는 사람이고, 그러므로 온전히 이해받지 못한다. 안타깝게도 그런 의미에서 나는 좋은 예술가는 아닌 모양이다. 그러나 다행스러운 점은 예술이란 하나의 작품을 완성시키는 일이 아니라, 예술가로서의 인생을 만들어가는 일이라는 사실이다. 내가 사랑하는 대부분의 작가들은 젊은 시절에는 그저 그런 보통 수준의 작품을 쓰던 이들이었으며, 평생 자신을 괴롭히며 살아온 결과, 저 멀리 외로운 자리까지 도달해버린 이들이었다.

그런 의미에서 요절한 천재 부류의 시인에게는 그다지 관심이 생기지 않았다. 그저 가지고 태어난 재능을 가진 만큼 펼쳐보였고, 다 펼쳐보인 뒤에는 세상을 떠나버린 것이다. 드라마틱하다고는 할 수 있을 텐데, 후진으로서는 그다지 배울 점은 없다. 재능을 배울 수는 없는 노릇이다. 내가 마음 깊이 사랑하고 좋아하는 것은 괴팍하고 징그럽게 늙어버린 예술가들이다. 재능으로 할 수 있는 일을 다 끝내버리고 재능 이후의 세계를 탐구하는 종류의 작가들, 가진 것 이상의 일을 하려다 무섭고 이상해져버린 그런 사람들. 나는 그런 이들을 사랑했다.

그리고 그들을 깊이 사랑한 나머지, 나 또한 그들처럼 고독한 자리까지 나아가고 싶다는 생각에 이른 것이다. 그런 작가들 가운데 가장 좋아하는 이를 꼽으라면 소설가로는 지난해 작고한 오에 겐자부로를, 시인으로는 예이츠를 꼽을 수 있겠다.

　오에 겐자부로는 이십대부터 칠십대에 이르기까지 오십 년이 넘는 시간 동안 정말 소설을 많이도 썼는데, 그것을 출간 순으로 따라 읽다보면 그저 약간의 재능이 있었을 뿐인 한 작가가 위대한 작가로 성장해나가는 과정을 보게 된다. 그러나 내가 오에 겐자부로를 사랑하는 것은 그가 한 명의 위대하고 성숙한 작가로 완성된 것이 아니라, 위대함과 기괴함을, 역겨움과 숭고함을 동시에 가진 작가가 되고야 말았기에, 그가 그 자신을 그런 자리까지 계속 끌고 나갔기 때문이다. 민주주의와 세계의 평화를, 핵과 전쟁의 완전한 종식을 진심으로 믿으면서도 동시에 외설성과 폭력성에 대한 집착을 버리지 못하며, 천황을 중심으로 하는 군국주의와 제국주의의 망령을 적극적으로 저격해왔으면서도 동시에 세계에 대한 감각만은 여전히 그 시절에 빚지고 있는(이건 비슷한 세대의 미야자키 하야오도 마찬가지다) 것이 오에 겐자부로인 것이다. 그러므로 그의 소설은 대체로 진정으로 나은 미래를 꿈꾸는 어느 노인의 뒤틀린 망상과 비전에 가깝다. 그런데 내게는 그런 이상하게 뒤틀린 세계야말로 누구도 감히 도달할 수 없는 진경으로 느껴진다. 그러니까 내가 좋아하는 것은 이렇게 평생 글을 쓰다 어딘가 조금 이상해져버린 사람들이다.

오에 겐자부로의 절친한 친구이기도 한 팔레스타인의 학자 에드워드 사이드는 포스트콜로니얼리즘을 선도한 학자로 널리 알려져 있지만, 몇 가지 흥미로운 예술에 대한 저서를 남기기도 했다. 그중 내가 좋아하는 것은 『말년의 양식에 관하여』로, 말년에 도달한 어떤 예술가들의 특징을 종합하고 동시에 삶과 예술의 관계가 무엇인지 사유하는 책이라고 할 수 있겠다. 그 내용을 짧게 풀어 설명하자면 이렇다.

대부분의 예술가는 그의 만년에 이르러 거대한 조화의 세계에 도달한다. 시간의 흐름에 잘 맞춰 앞으로 나아가는 것은 삶의 건강을 좌우하는 문제이고, 뛰어난 예술가는 그 자신의 시간의 흐름에 맞춰 원숙하고 조화로운 세계를 조성하는 것이다. 그런데 어떤 예술가들은 그 시의성을 따르기를 거부한다. 그 결과 말년의 어떤 예술가들은 예술의 가장 기초적인 체계마저 파괴하고 부조화와 불협화음의 예술을 만들어내며, 평생 쌓아올린 숙련된 작법을 버리고, 이상스럽고 기묘한 작품을 만든다. 그것은 죽음에 대한 저항이며 죽음을 받아들이지 않는, 그야말로 시의부적절한 일이다.

사이드는 일련의 예술가들이 말년에 보여주는 방법론을 두고 말년의 양식 late style이라 명명하며, 베토벤과 장 주네 등 여러 예술가들이 어떻게 자신의 방식으로 말년의 양식을 구현하였는지 설명한다. 이 책은 사이드의 최후 작업으로, 이 또한 그 나름의 '말년의 양식'이라고 할 수 있으리라.

사이드와 절친한 사이였던 오에 겐자부로는 친구의 마지막 작업을 이어받아, 나름의 방식으로 최후의 소설을 써나간다. 그것은 그가 말년에 접어들며 이어온 기괴한 소설 작업의 정리본이라 할 수 있는데, 그 제목은 『만년양식집』이다. 영어 제목은 'In Late Style'로, 서문을 옮기면 이렇다.

친구가 남긴 저서의 제목은 'On Late Style', 그러니까 '만년의 양식에 대하여'였는데, 내 경우는 '만년의 양식으로 살면서' 쓰는 글이 되기 때문에 'In Late Style'로 하되, 그조차 시간을 들여 방침을 세워서 하는 건 아니니 여러 양식 사이를 넘나드는 형태가 될 것이다. 그래서 제목을 '만년양식집'으로 하고 루비를 붙여두기로 했다.

이러한 접근법 자체는 사실 에드워드 사이드가 말한 '시의성'을 거스르는 일과는 다소 통하지 않는 일이긴 하다. 이런 접근은 오히려 자신의 삶 전체를 정리하고자 하는 것이니 원숙함에 가깝지 않은가. 하지만 소설의 내용을 살펴보면 오에 특유의 기괴하고 비대한 자아가 이전보다 더 강렬하고 복잡하게 넘실거리고 있으니, 이러한 부조화마저도 참 말년의 양식답다고 할 수 있겠다. 오에의 소설이 어떤 방식으로 기괴한 노년을 구성하는지 자세히 설명할 수 있다면 참 좋겠지만, 아무래도 오에 겐자부로에 대한 관심을 가진 사람이 우리나라에 한줌도 되지 않는 모양이니 이 정도로 정리하도록 하자. 다만 관심이 생긴다면 꼭 찾아 읽어보기를. 그리고 인기가 많아져서 절판된 책들이 돌아오기를.

그리고 오에보다 더 기괴한 방식으로 죽음에 저항한 또 다른 작가로 아일랜드의 시인 윌리엄 버틀러 예이츠가 있다. 켈트의 전통과 아일랜드의 향토 문학에 대한 깊은 애착을 근간에 둔 그의 작품은, 아일랜드의 비극적인 정치 상황과 적극적으로 조응하면서도 동시에 사적이면서 신비주의적인 면모 또한 짙게 드러나서, 아주 복합적인 층위를 가지고 있다.

그는 모드 곤이라는 여성을 평생 사랑해왔고, 그가 다른 남자와 결혼을 한 이후에도 그 사랑은 계속되었다. 그뿐 아니라 그의 딸인 이졸트 곤마저도 진심으로 사랑했다(나 또한 당신처럼 이 지점에서 놀랐다). 그러나 이졸트 곤에게 청혼을 하고 거절당하자 그로부터 삼 주 뒤 모드 곤의 조카이자 자신보다 스물일곱 살이나 어린 조지 하이드 리스와 결혼을 올린다.

게다가 그는 영지학과 신비주의를 진지하게 대하고 연구

하기도 했는데, 영적 세계와 통하고 있으며, 자동기술을 통해 그들과 대화를 나눌 수 있다는 아내의 말을 따라 아내의 자동기술을 통해 연결된 다이몬daimon과 진지하게 대화하기도 하고, 그 내용을 바탕으로 영지적 세계관을 정리한 책 『비전』을 발간하며, 그 세계관을 후기 시의 중심축으로 삼기도 한다.

학생 시절 예이츠와 관련한 여러 연구서와 논문을 찾아 읽으면서 참 여러모로 아연실색했다. 그와 관련된 대부분의 일화는 이처럼 여러 욕망이 중층적으로 섞여 있고 또 왜곡되어 있어 헤아리다보면 대시인이란, 대작가란 이런 것인가 하는 생각이 들고, 나는 저런 대시인은 될 수는 없겠다는 생각이 자연스레 떠오르게 된다.

예이츠의 문학에서 중요한 테마 가운데 하나가 바로 젊음과 늙음의 문제였다. 인간이란 육체는 왕성하나 정신은 미숙한 젊은 시절로부터 정신은 무르익었으나 육신은 그에 미치지 못해 쪼그라들 뿐인 노년으로 이행해간다는 것이 중요한 주제 가운데 하나였다. 이는 모드 곤과 이졸트 곤을

향한 사랑과 깊은 관련이 있으리라 추측할 수 있다. 또한 그가 신비주의에 깊게 빠져든 까닭이었을 수도 있다. 그가 묶은 『비전』은 결국 세계란 달이 차고 다시 기우는 것처럼 성쇠를 반복하는 것이며, 인간의 역사 그리고 인간 또한 마찬가지라는 예이츠의 세계관을 신비주의적인 접근으로 갈무리한 것인데, 내게는 이것이 늙어버린 한 남자가 불멸과 회춘에 대한 꿈을 장대하게 꾸고 있는 것처럼 느껴지기도 한다.

이 글의 제목에 들어간 '거칠고 사악한 노인'은 예이츠의 동명의 시에서 빌려온 것인데, 이는 예이츠의 회춘에 대한 욕망과도 관련이 깊다. 칠십대의 예이츠는 당대에 회춘의 효과가 있다고 여겨졌던 정관수술의 일종을 받기도 했는데 (이 수술을 프로이트도 받았다는 것을 생각해보면 정말 무엇인가를 알아차리게 될 것 같지 않은가?), 수술을 받은 다음날 친구에게 자신이 제2의 사춘기를 맞았으며, 자신은 지금 거칠고 사악한 노인wild old wicked man이라고 밝히기도 했다. 현대의 시점에서는, 최소한 내 관점에서는 참 주책도 주책이고, 노인네가 저러는 것이 민망하다는 생각이 들 따름이

지만, 아무튼 그는 거칠고 사악한 노인이라는 말에 나름의
인상이 남았던 모양인지 그것을 주제로 시를 쓰기도 했다.

'나는 여자들에 미쳤기 때문에
언덕에 미쳤다.
정처 없이 떠돌아다니는
그 거칠고 사악한 노인이 말했다
집에서 짚더미 위에서 죽지 않게 하고
이 두 눈을 감길 손들
이보게 처자, 내가 하늘의 노인에게 요구하는 건
이것이 전부라네.'

　　　　　　　　　　　　　동틀 무렵과 다 꺼져가는 촛불

'이보게 처자, 당신의 말이 친절하구만
나머지도 꺼내놓지 그래
노인의 피가 식으면
세월을 알게 된다네, 처자.
난 젊은이가 가질 수 없는 것도 가지고 있다네
왜냐하면 그는 너무 사랑을 많이 하지

난 심장을 꿰뚫을 수 있는 말을 갖고 있지

그러나 젊은이는 만지는 거 이외에 무얼 하겠나?'

동틀 무렵과 다 꺼져가는 촛불

그러나 처자는 그 거칠고 사악한 노인에게 말했다.

그의 손에는 묵직한 지팡이가 들려 있었다.

'사랑을 주건 안 주건

이건 제 맘대로 하지 못해요.

난 제 사랑을 하늘에 있는

더 늙은 사람에게 주었답니다.

염주 때문에 손이 바빠

그 두 눈을 결코 감기지 못할 겁니다.'

동틀 무렵과 다 꺼져가는 촛불

'맘대로 해, 맘대로 해

다른 표적을 찾겠어.

밤을 이해하는

바닷가에 저쪽의 소녀들

어부들을 위한 음담

고기 낚는 청년들을 위한 춤

어둠이 물위에 드리울 때

그들은 잠자리에 든다.'

동틀 무렵과 다 꺼져가는 촛불

'어둠 속에서 젊은이가 되는 나

빛으로 나오면 거친 노인이 되지

고양이도 웃길 수 있고

어머니의 지혜로

아주 옛날부터

그들의 육체 옆에 누워 있는

여드름투성이의 청년들은 모르는

그들의 골수 속에 감추어진 것들을 만질 수 있고.'

동틀 무렵과 다 꺼져가는 촛불

'모든 사람들은 고통 속에서 살고

난 아무도 모르는 사실을 알고,

그들이 윗길을 가든

아니면 낮은 길에서 만족을 하든,

노 젓는 이가 그의 배 안에서 굽히고 있건

베 짜는 이가 그의 베틀 위에서 굽히고 있건,

말 타는 이가 말 잔등 위에서 꼿꼿이 있건

아니면 자궁 속에서 아이가 감추어져 있건.'

　　　　　　　　　　　　동틀 무렵과 다 꺼져가는 촛불

'하늘의 노인으로부터 나온

빛줄기가

올바르게 배운 남자가 부정할 수 없는

그 고통을 태워버린다.

그러나 추잡한 늙은이인 나

차선을 선택한다

그것을 잠시 모두 잊어버리리

여인의 젖가슴 위에서.'

　　　　　　　　　　　　동틀 무렵과 다 꺼져가는 촛불

　　　　　　　　　　　　　　—「거칠고 사악한 노인」

정처 없이 떠돌아다니는 거칠고 사악한 노인이 젊은 처

자에게 수작을 걸다 퇴짜를 맞는다는 내용의 시다. 하지만 젊은 처자는 아주 현명하고 사려 깊게 이 노인의 허튼소리를 방어하는 데 성공한다. 자신이 사랑하는 노인은 하늘에 계신 더 늙은 노인 외에는 없다는 것이다. 그러자 이 거칠고 사악한 노인은 젊은 처자를 떠나 바닷가의 젊은이들을 본다. 그 육체에는 생기가 넘치지만, 아직 세상에 대해 알지 못하는 이들을 보며 자신은 그들이 모르는 비밀을 알고 있노라 생각하는 것이다. 그리고 그는 이어 말한다. 올바르게 배운 이라면 하늘의 노인이 내려주는 그 빛줄기를 받으며 성숙하고 조화로운 자리에 이를 테지만, 추잡한 늙은이인 자신은 그 빛을 거절하고, 그저 자신의 욕망에 충실할 것이라고.

지혜의 시인이라고 불리기도 한 예이츠의 시, 그것도 그가 죽기 일 년 전에 남긴 시라기에는 뭐라고 해야 할까, 참 징하고 징그럽다는 생각이 드는 시지만, 이 시는 에드워드 사이드가 말한 '말년의 양식'에 완벽하게 부합하는 사례라고도 할 수 있을 것이다. 이 시는 죽음에 대한 저항이며, 노화에 대한 불복이고, 조화와 성숙에 대한 시이며, 추잡한 욕망과 망상을 거침없이 드러내고 있다.

이 시에 대해, 그리고 예이츠에 대해서도 여러 다른 견해와 평가가 따를 수 있을 것이다. 지금의 윤리 감각으로 살펴보면 이것을 좋은 시라고 말하기 어려울 수도 있으리라. 그러나 나는 이 시가 노년에 접어든 인간이 보여줄 수 있는 가장 생동감 넘치는 몸부림의 한 사례라고 말하고 싶다. 더 살고, 더 쓰고, 더 싸우겠다고 말하는 모습, 죽고 싶지 않다고 말하는 모습, 이런 모습으로만 도달할 수 있는 진실이 존재하는 것이다. 예이츠의 시는 2020년대의 지금 이 시점에도 여전히, 그 스스로 도달한 가장 멀고 외로운 자리를 지켜오고 있다고, 나는 생각한다.

칠십대에 회춘 수술을 받는 사람이 되고 싶지는 않지만, 죽음을 눈앞에 두고서도 계속 싸우고 불화하는 사람이고 싶다. 그것이 내가 꿈꾸는 노년의 이미지이며, 내가 되고 싶은 예술가의 상이다.

하지만 한편으로는 이런 생각이 들기도 한다. 새파랗게 젊은 내가 벌써부터 말년에 대한 꿈을 꾸는 것이 과연 건강하고 올바른 일일까? 사실은 죽고 싶고 싶다는 말을, 살고 싶지 않다는 말을 우회적으로, 그리고 변태적으로 드러내고 있을 뿐인 것은 아닐까? 스스로도 이 질문에 답을 하기는 어렵다. 다만 내가 말할 수 있는 것은 거칠고 사악한 노인의 모습, 죽기 전까지 불화하는 삶, 그리하여 계속 갱신되는 예술가로서의 이 모습이, 내가 조금 더 살아보기로 마음먹게 하는 거의 유일한 이유라는 것이다.

7
월
30
일

시

미래의 책

이제 너에게 비밀을 말해줄게
이 책에는 너의 미래가 적혀 있고

그 일은 모두 다 일어날 거야

언젠가 네가 바닷가에 갔을 때
너는 혼자가 아닐 거야

그때는 사랑하는 사람의 손을 잡고 있을 거야
수면은 빛을 받아 눈부시게 산란하고 있을 거야

두 사람은 바다를 보며 이상한 농담을 던지지

그때 나눈 농담은
몇 번의 계절이 지나고도 계속 되풀이되며
두 사람을 웃음 짓게 할 거야

아침이 오면 식탁 위에 올려둔 꽃의 향기를 맡으며 새로
운 아침을 맞을 거고 밤이 오면 포근한 어둠 속에서 낮 동안
의 일을 이야기할 거야

그러다 깜빡 잠들어버리겠지

서로의 머리를 맞댄 채로
두 호흡을 교환하며

부드러운 꿈속에 빠져드는 거야
그건 아주 평화로운 밤일 거야

가끔 슬픔이 찾아올 때도 있지
하지만 그때는 결코 혼자가 아닐 거야

갓 구운 빵을 나누며 그 순간 서로가 같은 온기를 공유하고 있다는 사실을 알아차리겠지 이렇게 작고 사소한 것이 삶의 위로가 된다는 당연한 사실에 놀라며 잠시 서로를 끌어안을 거야

그거면 된 거야
다 괜찮아지는 거야

너에게는 더 많은 기쁨이 있을 거야 딸기밭에 딸기가 매달린 것을 보며 웃을 거고 강아지가 나비를 쫓아 뛰어다니는 것을 보며 웃을 거야

물론 아무 일이 없어도 웃을 수 있지
서로 얼굴을 마주보고 있다면 말이야

이제 너에게 진실을 말해줄게

지금 마주잡은 두 손이 한 권의 책이 되는 거야
거기 적힌 일은 앞으로 모두 다 일어날 거고

그 책의 가장 첫 줄에는 사랑이라고 적혀 있지

그다음에 적히는 건 무슨 일이든 좋을 거야 시시한 일도 괜찮고, 놀라운 일도 좋겠지

다만 한 가지는 확실해

그 책에는 기쁨이 가득할 거고

마지막에는 두 사람은 오래도록 행복했다고 커다랗게 아주 커다랗게 적혀 있을 거야

7
월
31
일

에세이

미래를 상상할 수 있도록

내 어릴 적 꿈은 과학자였다. 초등학교 시절, 장래 희망을 발표하는 시간에는 과학자가 되어서 석유 연료를 대체하는 연료를 발명해 지구를 지키고 싶다고, 상당한 포부를 밝히기도 했다. 물론 보시는 바와 같이 지금은 과학과는 거리가 먼 일을 하고 있지만, 어릴 적 그리는 미래란 원래 그렇지 않은가. 아직 가능성을 다 헤아리지 않아서 모든 것이 가능하리라 믿을 수 있는 것이 바로 어린 시절이다.

이후로도 나의 장래 계획은 조금씩 달라졌다. 일본 서브컬처에 눈을 뜨고 일본어를 공부하기 시작한 고등학생 무렵에는 어쩌면 내가 번역가가 될지도 모르겠다는 생각을 했다. 그랬던 내가 소설가가 되고 싶다고 문예창작학과에 진학하게 되리라고는, 고등학생 무렵의 나는 조금도 상상하지 못했다. 문예창작학과에 입학했을 때도 내가 시인이 될 것이라고는 상상할 수 없었다. 당시 나는 교과서에 실린 것 외에는 시를 읽어본 적이 없었으니까. 그러나 나는 나의 예상과 전망, 희망 등과는 달리, 진로 상담 시간에 고민해본 적조차 없는 시인이 되기를 열망하게 되었고, 결국은 시인이 되고야 말았다.

그런데 시인이 된 후로는 장래 희망이라는 것이 사라져 버린 느낌이다. 시인으로서 어떤 시인이 되어야겠다는 나름의 생각이야 있지만, 그건 조금 다른 이야기니까. 시인이 되었으니 꿈을 이루었다기보다는 꿈이 너무나 분명해졌다는 쪽에 가까우리라. 이루고자 하는 것은 분명해졌고(좋은 시인 되기), 그것을 내가 이룰 수 있을지는 여전히 미지수인 상황…… 이제는 장래 희망이라기보다는 장기 계획에 가까운 것을 생각하며 살고 있다.

이대로 계속 시인으로 사는 일에 불만이 있는 것도 아니다. 오히려 시에 대해서라면 항상 기쁜 마음이다. 그리고 싶은 미래가 너무나 확실할 뿐. 그런데 이 확실함이 문득 섭

섭해지는 순간이 온다. 혹시 나는 시인으로 사는 것 말고는 미래도 꿈도 없는 것인가 생각에까지 이르고 나면, 나 자신이 시인이라고 내세우기에는 참으로 재미없고 시시한 인간이라는 생각이 들어버리고야 마는 것이다.

어쩌면 이것은 시에 대한 나의 태도와도 관계있는 것일지 모르겠다. 시에 대한 지나친 기대를 품고 시를 낭만화하는 일은 오히려 시를 시시하고 낡은 것으로 만들어버리니까, 시인이 된 뒤로 나는 최대한 시를 냉담하게 대하고자 했다. 시를 평생의 업이라 여기면서도 너무 들뜨거나 너무 뜨거워지지는 않으려는 것이 시인으로서의 나의 태도였다. 이 약간의 냉담함이 내가 나 자신의 보잘것없음에 실망하지 않고 계속 시를 써나갈 수 있는 까닭이기도 했다. 그러나 이러한 나의 냉담함이 때로 스스로를 서운하게 만드는 순간이 있다는 것 또한 인정하지 않을 수 없으리라. 하지만 이 모든 것은 그저 내가 꿈을 꾸려면 겁부터 덜컥 나는 30대가 되었기 때문일 수도 있겠지. 그렇게 생각한다면 나는 정말로 재미없고 시시한 사람이 되는 것이군요.

*

　얼마 전에는 친구를 위해 축시를 썼다. 대학 동기인 친구는 지금까지도 나와 가장 가까운 사이고, 우리는 졸업 이후에도 만나 종종 우리 삶이 얼마나 괴로운지 털어놓고는 한다. 어느 날 친구는 오래 만나온 후배(내 후배이기도 함)와 결혼하기로 했다고 말해주며, 나에게 축시를 요청했다. 흔쾌히 수락하기는 했지만 한편으로는 걱정이 앞서기도 했다.

　친구는 문학 편집자고 후배는 시인이었다. 이런 문학 고관여층에게 어설픈 시를 써서 건네기라도 하면 얼마나 민망하겠는가. 친구와 후배가 축시를 두고 무슨 평가를 할 리야 없겠지만, 유독 마음이 쓰이는 것은 당연한 일이다. 가장 가까운 친구와 좋아하는 후배의 새로운 시작을 축하하는 일이니만큼 더욱 그랬다. 사실 하고 싶은 말을 모두 담아 쓰는 시는 썩 좋은 시가 되기는 어렵다. 그러나 축시란 결국 축하와 축복의 마음을 눌러담아 전하는 일이고, 내가 아끼는 두 사람에게 전하고픈 마음은 넘쳐흐르기 마련이다. 그렇기에 좋은 축시를 쓰기란 지난한 일이 될 수밖에 없다.

「미래의 책」은 바로 그런 마음을 모아 쓴 것이다. 친구와 후배에게 전하고 싶은 말을 눌러담느라 시가 다소 길고 늘어지는 느낌이 되었지만 그건 어쩔 수 없는 일이었다. 하고 싶은 말이 그렇게나 많았다는 뜻이니까. 두 사람이 모두 문학 고관여층이라는 사실(그래서 나를 긴장하게 만들었던), 그리고 두 사람이 마주잡은 두 손이 한 권의 책처럼 나란히 접혀 있다는 사실에서 이 시는 출발했다. 두 사람이 손을 잡고 만드는 한 권의 책, 그것을 두 사람의 미래에 대한 은유로 활용할 수 있으리라 생각했다. 그리하여 나는 이 시의 제목을 '미래의 책'이라 하기로 했다.

나는 두 사람이 함께 적어나갈 미래의 책에 크고 작은 기쁨이 가득하리라는 믿음을 그대로 옮겨적고 싶었다. 그 시에는 이렇다 할 대단한 기교도 없고, 굉장하고 멋진 선언 같은 것도 쓰고 싶지 않았다. 소박하고 솔직하게, 단순하지만 당연하다는 듯이 적힌 그런 시가 두 사람에게 어울린다고 생각했다. 베이킹에 취미를 붙인 친구를 생각하며, 흰소리와 싱거운 농담을 좋아하는 두 사람을 생각하며, 그 모든 일상적인 순간의 행복이 두 사람의 미래에 가득할 것이라는, 너무 당연해서 새삼스러울 정도의 이야기를 전하고 싶었다. 너무 당연해서 의심조차 할 수 없고, 굳이 생각하지도 않을 그런 행복한 순간들을 약속하고 싶었다. 그 순간들을 차곡차곡 적어나간 책의 맨 앞장에는 사랑이라는 두 글자가 쓰여 있을 터였다.

삶은 항상 우리의 상상과는 다르게 흘러가고야 만다. 그것이 우리 삶의 좋은 점이기도 하리라. 그러나 그 모든 어긋난 상상조차 이미 두 사람의 미래의 책에는 적혀 있으리라고 믿었다. 꼭 바라는 대로만 되지는 않으리라는 것을 알면서, 가끔은 슬퍼하거나 괴로운 순간이 오리라는 것을 알면서, 그럼에도 더 나은 미래를 함께 꿈꿀 수 있다고 믿는다는 것, 그것이 사랑의 가장 멋진 점 아니겠는가.

앞서 나는 내가 미래에 대한 상상을 좀처럼 하기 어려워졌다고 털어놓았다. 나 자신에게, 그리고 시에게 심리적 거리를 유지하고 있는 이상, 그것은 어쩔 수 없는 일일 것이다. 그러나 다른 사람들을 위한 상상이라면, 소중한 이들의 행복을 위한 일이라면 어설프고 어쭙잖은 냉담함 따위는 얼마든지 포기해도 좋겠다. 시는 기본적으로는 지독하게 자기 자신만을 생각하는 일이고, 그래서 지나친 자기 몰입을 경계해야 하는 일이지만, 때로 시는 타인을 위해 문을 활짝 열 수도 있는 것이다. 그때 시는 조금 깨져도 좋겠다. 헐거워져도 좋겠다.

사랑이란 함께 꿈꾸는 일이다. 그것은 나 혼자만의 미래가 아니라 다른 사람과 함께하는 미래를 상상하는 일이라는 뜻이다. 시 또한 그러하다. 시는 지독하게 자기 자신만을 위한 일이지만, 우리는 사랑과 더불어 시를 통해 또다른 미래를 그릴 수도 있고, 함께 행복한 순간을 상상할 수도 있다. 그것이 내가 시를 계속 써나가는 이유이기도 하다는 것을 나는 친구의 축시를 쓰며 새삼 생각했다. 그러니 나의 장래 희망은 계속 사랑하기, 그리하여 계속 써나가기라고도 할 수 있겠다.